LA

JOLIE FILLE

DE PARIS.

SOUS PRESSE,

DU MÊME AUTEUR.

LE PREMIER PAS....... 4 VOL.
LE MARI DE PARIS..... 4 VOL.
LA COQUETTE......... 4 VOL.

IMPRIMERIE DE A. HENRY,
RUE GÎT-LE-COEUR, 8.

LA
JOLIE FILLE
DE PARIS,

Par M. Arsène de Ley,

AUTEUR DE LA FILLE DU CURÉ, DE JEAN LE BON APÔTRE,
ET DE SAGESSE! OU LA VIE D'ÉTUDIANT.

───◆◆◆───

Deuxième Édition.

—

TOME PREMIER.

PARIS,

POUGIN, QUAI DES AUGUSTINS, 49;
CORBET, QUAI DES AUGUSTINS, 61.

—

1836.

LA
JOLIE FILLE
DE PARIS.

CHAPITRE PREMIER.

LA CHAPELLE DE LA VIERGE.

C'ÉTAIT un dimanche. La dernière messe était achevée à Saint-Sulpice; la foule pieuse qui, un moment auparavant, se pressait dans la nef, venait de se disperser. L'église était solitaire; à peine distinguait-on,

T. I.   1

au loin, dans les chapelles laté-
rales, quelques personnes isolées,
qui, seules avec le dieu qu'elles
adoraient, lui adressaient dans le
silence une dernière invocation.

La riche chapelle dédiée à la
vierge présentait, en ce moment,
un tableau bizarre et cependant
gracieux.

La lumière descendant, vive et
brillante du haut de la voûte, se
brisant sur les riches peintures dont
les murailles sont parées, reflétait
au loin leur coloris, et projetait
sur les dalles des rayons bigarrés où
voltigeaient confusément toutes les
couleurs de l'arc-en-ciel.

Là, se tenaient trois femmes. Il
y avait dans leur pose, dans leurs
manières, dans leur costume,
quelque chose d'autant plus re-

marquable que chacune de leurs
grâces était mise en relief par un
contraste.

Un lien commun semblait les
unir. L'une d'elles, plus âgée, paraissait la mère des deux autres ;
mais quoique les plus jeunes fus-
sent parvenues à cet âge où les
charmes de la femme se dévelop-
pent, où les contours du corp se
dessinent, où les formes plus ar-
rondies, plus saillantes, trahissent
les projets de la nature, et promettent le bonheur en inspirant l'a-
mour, il était imposible d'accorder
à la personne qui leur servait de
mentor un âge qui s'élevât de
beaucoup au-dessus de la tren-
taine. Sa figure, qui avait été jolie,
était belle encore, et sa taille, un
peu épaissie par l'âge et l'embon-

point, conservait des proportions encore élégantes quoiqu'un peu fortes.

Du reste, cette dame paraissait n'apporter aucun soin à faire ressortir les avantages qui lui restaient. Une modeste robe d'indienne, un bonnet orné d'un simple nœud de ruban, composaient toute sa parure : il était aisé de deviner que les choses du ciel l'occupaient plus que toutes les vanités mondaines.

Agenouillée sur les dalles de la chapelle, les yeux élevés vers la statue de la vierge, elle paraissait livrée tout entière à l'élan de sa prière. Une piété fervente, l'exaltation d'une âme vraiment dévote se lisaient dans son regard. Il y avait tant de sensibilité dans sa physio-

nomie, le mouvement de ses lèvres
annonçait tant de ferveur et de foi,
qu'il était facile de juger que celle
qui priait ainsi avait dû beaucoup
souffrir, et qu'elle s'était vue forcée de demander au ciel ce qu'elle
n'avait pu trouver chez les hommes.

L'aînée des deux jeunes personnes paraissait avoir dix-huit
ans; elle était aussi pieusement agenouillée : il y avait sur son visage,
jeune et gracieux, une expression
céleste de calme et de quiétude;
ses yeux bleus étaient attentive-
ment fixés sur un livre de prières,
mais la religion paraissait chez
elle une conviction plutôt qu'un
sentiment; elle ne savait pas,
comme la femme plus âgée, donner aux phrases de sa lecture une

expression ardente et passionnée : la piété était un devoir pour elle ; c'était un besoin pour celle que nous supposons sa mère.

La longue prière de ses compa-gnes paraissait ne pas amuser beau-coup la plus jeune des trois fem-mes ; il fallait à ses seize ans du mouvement, du bruit, de l'éclat. Le calme religieux d'une église, le recueillement, la situation gênante que le chrétien doit conserver de-vant son Dieu, tout cela semblait l'ennuyer ; aussi, sans se gêner, elle se leva brusquement, regarda sa mère comme pour l'inviter à partir, et, la voyant toujours im-mobile et priant, elle jeta son livre avec un petit air boudeur, s'assit nonchalamment sur sa chaise, puis elle se mit à jouer avec les brides roses de son petit chapeau de paille.

Il est rare qu'une jeune fille ne soit pas jolie, ou, du moins, intéressante à seize ans. Mais l'âge de celle qui nous occupe était peut-être le moindre de ses avantages; rien n'était frais, potelé, mignon, comme sa petite figure aussi ronde que celle d'un chérubin; rien n'était gracieux comme les nombreuses boucles de cheveux noirs, descendant ondoyantes autour d'un cou blanc et frêle; rien n'était voluptueux et pudique comme ses longues paupières ornées de grands cils, qui jouaient sur des yeux noirs dont le regard pétillait à la fois de vivacité et de douceur.

Les grâces du corps répondaient

aux charmes du visage ; la jolie enfant était devénue belle fille : une
gorge naissante, mais dé à sail-
lante et arrondie, palpitait sous un
blanc fichu de gaze ; un ruban rose
entourait une taille de nymphe,
et, sous les plis gracieux d'une
robe de mousseline claire, on apercevait des pieds d'enfant, et le bas
d'une jambe fine à rendre fou
d'amour.

La pétulance et la vivacité paraissaient les principaux traits de
son caractère. Tantôt elle jouait
avec les feuilles enluminées de son
livre, tantôt elle faisait voltiger le
ruban de sa ceinture, et tantôt
elle dessinait avec la pointe de son
petit soulier de prunelle, des fi-
gures fantastiques sur les dalles de
la chapelle.

Ces jeux étaient trop fades pour pouvoir la distraire long-tems; bientôt elle pencha avec ennui sa jolie tête, et sembla réfléchir profondément.

Mais à quoi pouvait-elle songer, l'innocente enfant? Son cœur n'avait pas d'amour; il n'en désirait pas encore, peut-être même en ignorait-il le nom; aussi trouva-t-elle bientôt sa méditation aussi fatigante que l'ennuyeux livre d'heures; alors elle frappa du pied avec un peu de colère, puis, souriant avec malice, elle arracha de sa chaise un brin de paille et, méchante espiègle, elle se mit à le promener doucement le long du cou de sa sœur.

Cette dernière se retourna vivement; elle rit d'abord en surprenant la coupable, mais bientôt se rappelant la sainteté du lieu, elle prit un air grave, et posa un doigt menaçant sur ses lèvres : alors vous auriez vu la jeune étourdie joindre les mains d'un petit air hypocrite, et essayer de revenir à ses prières.

Un instant après le hasard lui procura une distraction plus agréable; des jappemens retentirent sous les voûtes de la chapelle, et bientôt un petit chien vint rôder autour des dames dont nous venons d'esquisser le portrait.

C'était là un être qui ne serait pas retenu dans ses jeux par le respect dû au sanctuaire : la jeune fille le sentit; elle lança sur sa mère et sa sœur un regard oblique, et un sourire de bonheur fit entr'ouvrir sa jolie bouche quand elle eut vu qu'elle n'en était pas remarquée. Alors, frappant sur son genou, et donnant à sa physionomie une expression caressante, elle invitait le joli chien à entrer en conversation avec elle.

L'animal remarqua bien les politesses qui lui étaient adressées, mais il n'en parut que très-médiocrement flatté; il avança en grondant et se retira bien vite devant une petite main qui, pourtant, ne voulait que le caresser ; cependant il revint sur ses pas, et, par une bizarrerie qui désola la jeune fille, il s'approcha de la dame la plus âgée, lui porta familièrement deux pattes sur la poitrine et remua, en son honneur, la queue d'un air de connaissance.

Cette dame le regarda, lui fit

une caresse comme à un vieil ami,
puis le repoussa de la main ; l'animal obstiné n'en continuait pas
moins à lui faire fête.

Cela enhardit la jeune personne ; si on la surprenait enlevant
l'animal, que pourrait on lui dire ?
n'importunait-il pas sa mère ? Qui
oserait blâmer une attention , une
marque de piété filiale ?

Rassurée par ces réflexions, elle
se leva doucement, bien doucement…, elle marcha sur la pointe
du pied et son cœur palpitait, sa
poitrine se soulevait en bonds précipités au moment où elle posa la
main sur le bel épagneul.

Comme elle était heureuse, en
se voyant maîtresse de sa proie ! Il
faut si peu de chose pour le bonheur de l'enfance , et une jeune

fille de seize ans est si enfant quand elle a conservé la naïveté de son cœur, la pureté de sa conscience, la chaste innocence de ses premières années.

Le chien, un peu effrayé d'abord, avait été calmé par des caresses; la liaison était intime maintenant; il se prêtait à merveille aux caprices de la jeune fille, et se résignait sans trop de peine à subir une première leçon de danse.

Occupée de choses de cette importance, la jolie enfant ne s'ennuyait plus à l'église; ses jeux et partant son bonheur se seraient prolongés bien plus long-tems, sans doute, mais un léger bruit se fit entendre; c'était le maître du chien qui, arrêté à quelques pas, contemplait en silence la scène que

nous venons d'esquisser. Aussitôt
la jeune fille, timide et rougissant, baissa ses longues paupières
et s'empara de nouveau de son
triste pis-aller, de l'ennuyeux livre
de prières.

Si une jeune personne de seize
ans touche encore à l'enfance par
le caractère et les manières, elle
tient cependant beaucoup à passer
pour une grande demoiselle, elle
n'aime pas être surprise lorsqu'elle
se livre à des jeux qui ne sont pas
précisément ceux de son âge et
qui la font reculer dans la vie.

La nôtre était vivement contrariée d'avoir été vue, se livrant avec
abandon à des enfantillages; elle
avait repoussé vivement le chien;
un grand embarras se faisait remarquer dans son attitude, son

petit cœur était gros de chagrin et de dépit.

L'indiscret qui l'avait épiée était-il encore là, pour jouir de sa confusion, de sa douleur? Elle brûlait de le savoir, vingt fois elle essaya de soulever ses paupières, mais elles étaient appesanties par la pudeur; un vif sentiment de honte tenait son regard abaissé vers la terre.

Enfin elle put risquer un coup d'œil, mais alors elle rougit bien davantage, son sein se souleva bien plus vite, son cœur battit bien plus fort... le maître du chien était là... toujours là... Oh! cet homme, ce jeune homme, que lui voulait il donc? Abuser ainsi de l'embarras de sa position! quelle impolitesse! quelle cruauté!

O! le méchant! Elle ne le connaît
pas, elle ne l'a jamais vu, quoique
son chien paraisse familier avec sa
mère, mais elle sent dans son
jeune cœur des sentimens violens,
impétueux; elle le hait ce jeune
homme qui vient de la forcer à
rougir.

Oui, l'immobilité de sa pose, la
fixité de son regard, la troublent,
la gênent, lui sont insupporta-
bles; la chapelle lui est devenue
odieuse, elle ne peut plus y demeu-
rer...

Elle se lève en hésitant, elle se
rapproche de sa mère, puis, joi-
gnant ses deux petites mains,
et donnant à sa voix suppliante le
ton doux et mignard d'une enfant
gâtée :

— Oh! maman, dit-elle, je t'en supplie, partons....

La dame âgée, jeta sur la jeune personne un regard où se peignait toute la sollicitude maternelle.

— Serais tu malade, mon enfant? demanda-t-elle avec inquiétude.

— Oh! oui. . . je suis bien mal à mon aise,... je me sens bien malade....

La bonne mère posa la main sur le front rougissant de sa fille, elle le sentit brûlant; l'effroi se peignit dans ses regards, brusquement elle ferma son livre, elle fit, devant le sanctuaire, une profonde révérence, et, suivie de ses deux filles, elle sortit de la chapelle.

Mais le maître du chien était là... elle rougit, en l'apercevant, pres-

I   I *

qu'autant que sa fille ; elle ralen-
tit le pas, et quand elle ne craignit
plus d'être aperçue par ses enfans qui la devançaient, elle s'approcha du jeune homme, serra sa
main, lui dit un mot à voix basse,
puis elle rejoignit ses compagnes ;
mais à chaque pas elle se tournait
pour voir encore l'inconnu et lui
adresser un geste de la main, un
adieu de la tête et du regard.

o-c-c-o

CHAPITRE II.

MADEMOISELLE JEANNETTE ET M. POULET.

PENDANT que ces choses se passaient dans l'intérieur de l'église de Saint-Sulpice, une scène d'un autre genre avait lieu sous le périrstile.

Deux personnes étaient là, se promenant de long en large et don-

nant tous les signes de l'impatience
et de l'ennui.

L'une d'elles était un homme de
quarante-cinq à cinquante ans ; il
y avait dans son ton, dans ses manières, quelque chose de grave et
de digne, son attitude était raide,
presque majestueuse ; il affectait
des airs de grandeur, et si sa figure
bouffie, si ses traits petits et noyés
n'avaient rien qui sentît la no-
blesse, c'était une erreur de la
nature dont il ne s'était jamais
douté.

Son costume était presqu'aussi
pittoresque que son attitude. Les
petites ailes d'un chapeau gris sur
une immense perruque poudrée
à blanc, un habit marron à larges
pans sur des mollets énormes,
une culotte de nankin sur des bas

de soie chinés, un gilet couleur sa-
fran sur trois doigts de chemise qui
s'échappaient furtivement du haut
de chausse..... ainsi était fait le
bon homme.

Cet équipement, tout remarquable qu'il était au mois de mai
1832, époque à laquelle nous nous
trouvions alors, était rendu plus
bizarre encore au moyen de quelques accessoires qui n'en étaient
pas l'accompagnement ordinaire et
obligé.

Le petit homme, indépendamment d'une grosse canne en jonc,
avait les bras chargés de trois ombrelles, de deux grands schalls et
d'un de ces petits paniers de paille
tressée que les dames d'une classe
moyenne portent quelquefois le
matin au lieu de l'ancien sac à ouvrage. Le cou long et étroit d'une bou-

teille sortait de chacune des poches
du large habit dont nous venons de
parler , et le manche d'un gigot de
mouton , s'échappant au travers
d'un papier brouillard , dont on
l'avait enveloppé , se montrait, audacieux et fluet, sous l'aisselle gauche de notre nouvelle connaissance.

Nous ne savons quelle était la
pesanteur spécifique de chacun
des objets dont ce personnage était
chargé ; mais ce que nous pou-
vons garantir , c'est qu'il en paraissait passablement incommodé.

En effet , les rayons d'un soleil
brûlant tombaient à plomb sur
ses épaules carrées , de larges goût-
tes de sueur ruisselaient le long de
ses joues rubicondes , et s'il voulait faire un mouvement , soit

pour s'éventer, soit pour s'essuyer le front, les mille et un fragmens du fardeau qui embarrassait tous ses membres, déviant de leur centre de gravité, dégringolaient avec fracas : le malheureux, soupirant à vous fendre le cœur, était obligé de se baisser obliquement pour ramasser soit un schall, soit une ombrelle, soit la magnifique canne de jonc.

La seconde personne était du sexe féminin.

A en juger par sa mise et par ses mains un peu rougies, elle paraissait être une de ces jeunes personnes qui viennent fraîches et innocentes de leur village pour se mettre en condition à Paris.

Quoiqu'il lui arrivât de sourire fréquemment et avec malice en re-

gardant le petit homme qui se tenait auprès d'elle, il y avait dans ses
manières à son égard cette défé-
rence muette ; cette nuance d'empressement et de respect qui annonçaient à des yeux clairvoyans qu'elle
vivait sous sa dépendance, et qu'elle
était probablement attachée à son
service.

Cette jeune fille, sans être précisément jolie, avait cet embon-
point si gracieux à l'œil de l'homme, cette fraîcheur de coloris, ce
ton animé de carnation, qui plaisent souvent davantage qu'une
grande régularité de traits. Il y
avait dans l'expression animée de
sa physionomie de la malice, de
la finesse, et l'on pouvait con-
jecturer, en voyant le soin minu-
tieux qui avait présidé à l'arran-
gement des diverses parties de

son costume, et les regards com-
plaisans qu'elle jetait sur sa personne, qu'elle était raisonnable-
ment pourvue de cette dose de
coquetterie, apanage constant de
la femme en général.

Comme son maître, elle était
empétrée de différens objets qui
annonçaient soit un déménage-
ment, soit un voyage ; mais son
fardeau, plus lourd peut-être,
était moins embarrassant ; elle
avait eu, d'ailleurs, le talent de
s'en défaire pour quelques minutes ; on la voyait en effet assise
entre deux larges paniers sur les
marches de Saint-Sulpice.

— Ventre-bleu ! disait le petit
homme en se démenant avec vio-
lence, c'est par trop abuser de ma
bonté.... me laisser pendant deux

heures exposé à cette chaleur.... et devant une église encore!... c'est une abomination !

— Ne vous remuez pas autant, Monsieur, dit la jeune bonne avec un ton patelin, vous allez troubler le vin que vous portez dans vos poches.

— Tu as raison, Jeannette, tu as raison, mon enfant, je vais en prendre soin ....; mais j'aurai beau faire, ma poche est plus chaude qu'une cave..... jamais nous ne le boirons frais ...

— C'est vrai, Monsieur; mais si ces dames arrivaient tout de suite, nous aurions le tems de les faire rafraîchir en arrivant à Sceaux.

— Ces dames ..... ces dames ..... vois-tu, Jeannette, elles me font toujours enrager .... Ah ! les fem-

mes.... les femmes! Dieu les mit
en ce monde pour notre perdi-
tion.

— Bien obligé, M. Poulet.

— Ce que je dis ne te regarde
pas. Pour moi, vois-tu, tu n'es
pas une femme, Jeannette ; tu es
seulement une bonne..., entends-
tu bien?

Jeannette fit une moue de mé-
contentement.

— Il y a quelque chose là des-
sous..... Une messe basse à Saint-
Sulpice ne dure pas une heure et
demie... Je suis convaincu que....
que...

— Fi! Monsieur, fi! C'est bien
vilain à vous d'être soupçonneux et
jaloux. Madame est avec ses de-
moiselles, que craignez-vous? Et

puis c'est une personne si douce,
si pieuse....

— Ta... ta... ta... où as-tu vu
que toutes les femmes n'étaient pas
douces comme des moutons, sages
comme des vierges?... Il n'y en a
pas une qui n'ait toutes les vertus...
en apparence, et au fond..., au
fond....

— Eh bien ?

— Il n'y en a pas une... pas une,
entends-tu bien, Jeannette, qui ne
soit perdue ou qui n'aspire à se
perdre.

— Voilà une idée bien gaie pour
le mari.

— Gaie, non; mais rassurante.
Tu ris, Jeannette; j'ai pourtant
raison..... Quand on connaît les
femmes, on les méprise; quand on
les méprise, on les surveille; et

quand on les surveille on a du
moins quelques chances de ne pas
être trompé.

— De cette façon, Monsieur,
vous épiez toujours Madame ? Et
dire qu'il y a dix-neuf ans que vous
êtes marié! Pauvre homme, va!

— Ah! oui..., ma pauvre Jeannette, j'ai eu bien du mal assurément... Mais aussi je puis me flatter d'avoir la femme la plus fidèle
de Paris.

— Vous convenez donc qu'il en
est quelques-unes de vertueuses?

— Non, pardieu pas!.. Je ne don-
nerais pas deux sous de la vertu de
toutes les femmes...; mais la mienne
a été sage parce que je l'ai tant surveillée, qu'elle n'a pas pu faire autrement.... C'est dur pour elle,
n'est-il pas vrai, Jeannette? Mais

c'est que, vois-tu, l'honneur.....
l'honneur d'un mari... *c'est une
plante tendre et délicate que le moindre Autan peut flétrir*, comme le dit
si bien *M. Villemain* de la Sor-
bonne.

— Bah! vos plantes à vous sont
vigoureuses....

— Taisez-vous, mademoiselle, je
n'aime pas la plaisanterie... Vous
venez de faire une équivoque, un
calembourg... On voit bien que
vous êtes femme... Avec l'âge d'un
enfant, vous avez l'instruction d'un
vieux savant et la malice d'un jeune
singe... Ah! si j'étais assez riche...

— Eh bien! que feriez-vous?

— Je me ferais servir par un
homme... c'est plus distingué et
c'est plus sûr... je ne peux pas
souffrir les femmes autour de moi

— Et cependant le ciel ne vous les a pas épargnées : avec une haine violente pour le beau sexe, vous vous êtes marié deux fois, et vous n'avez su faire qu'une fille à chacune de vos deux épouses.

— Ne me rappelle pas ce souvenir, Jeannette, tu me fends le cœur... Le ciel a été bien cruel envers moi... J'aurais tant aimé des fils...!

— Eh! Monsieur, vous êtes fou de vos filles; vous les grondez toujours et elles vous font faire toutes leurs volontés.

— Vous n'y entendez rien, Jeannette; il n'y a pas dans tout le faubourg Saint-Germain un père de famille plus despote que moi.... Ah! ah ! je voudrais bien que l'on bougeât dans mon ménage, quand

j'ai pris ma grosse voix et que j'ai
dit : *Je le veux*. Ah ! ah !

— On ne bouge pas, Monsieur ;
mais Madame n'en fait pas moins à
sa tête, de l'air le plus soumis du
monde ; mademoiselle Ursule vous
ferme la bouche en vous parlant raison, et mademoiselle Clotilde, votre plus jeune enfant,
vient se mettre sur vos genoux,
vous caresse le menton, vous appelle son petit papa, et vous ne
savez rien lui refuser.

— Je ne lui refuse rien, c'est vrai ;
mais c'est parce qu'elle ne me demande jamais que ce que je veux
bien lui accorder... elle est si rai-
sonnable !

— Pardienne ! elle a le talent
de vous faire vouloir tout ce

qu'elle désire... elle est si gentille, mademoiselle Clotilde !

— Ah ! c'est un petit agneau.....

— Je pense que vous ne direz pas que celle-là n'est pas vertueuse ?

Cette interrogation imprévue parut embarrasser M. Poulet ; il hésita, et une légère nuance de rougeur passa rapidement sur sa grosse figure.

— Vertueuse.... vertueuse..... hum ! c'est une femelle... la vertu et les jupes... ça ne peut pas marcher ensemble...

— Comment, Monsieur ! vous voudriez faire entendre que mademoiselle Clotilde a déjà...

— Jeannette ! s'écria M. Poulet avec fureur, si jamais il vous arrivait de mal penser de votre jeune maîtresse... si jamais...

— Eh! mon Dieu! comme le voilà méchant; je suis sûre, moi, que mademoiselle Clotilde est innocente et pure comme une jeune colombe; c'est au contraire vous qui...

— Ma fille est la plus sage des femmes... mais la meilleure de toutes ne vaut rien... Comment serait-elle coupable puisqu'elle ne connaît pas le mal?... Mais quand elle le connaîtra!... Il y a une attraction invincible entre la femme et le péché... c'est plus fort qu'elles..., il faut qu'elles en goûtent... Ah! je suis bien malheureux d'avoir des filles!...

— Bah! vous les surveillerez

comme Madame, et alors vous se-
rez bien sûr...

— Sûr... sûr... c'est bien aisé à
dire, Jeannette...

— Il est vrai que quand on est
aussi distrait que vous l'êtes...

— C'est ma femme qui dit cela,
parce qu'il m'arrive quelquefois de
méditer.

— Mais quand il s'agit de surveiller, c'est, je crois, à peu près
la même chose.

— Hélas !

— Comment donc, est-ce que
vous croiriez ?...

— Jeannette... faites-moi le
plaisir de vous taire... en voilà assez... laissez-là vos paniers et allez
dans l'église demander à ces dames
si elles se moquent de moi et si elles

veulent me donner la peine d'aller
les chercher moi-même.

— Bon! pensa Jeannette en se
levant pour obéir, je gage qu'il
aura remarqué ce grand jeune
homme avec lequel Madame a commencé une correspondance... Ah!
s'il pouvait voir... s'il pouvait trouver... vieux grognard, va... çà
t'apprendrait à ne pas croire à la
vertu des femmes...

Tout en faisant ce monologue,
Jeannette se dirigeait vers le por-
tail de l'église. Il était curieux de
voir la petite villageoise imiter les
façons des belles dames de Paris,
marcher vivement, à petits pas,
cambrer sa taille, arrondir sa
croupe et démener les hanches.
Elle savait, la coquette, qu'il est
méséant à une femme de tourner

la tête ; cette loi de décence qui l'empêchait de s'assurer du nombre des admirateurs de ses charmes, lui paraissait souvent cruelle; elle s'y conformait pourtant, afin de se donner l'air distingué ; mais comme ses yeux jouaient admirablement sous ses paupières, comme ils erraient à droite et à gauche, comme ils agaçaient çà et là de l'air le plus pudibond du monde, les hommes qui se trouvaient à sa portée!

Elle n'avait pas fait cent pas, la malicieuse jeune fille, et déjà elle avait fait une conquête. Un jeune homme, un jeune homme bien mis, ma foi! un jeune homme au jarret tendu, à la mine audacieuse, à l'œil effronté, la regardait approcher et lui souriait avec complaisance.

Jeannette le voyait bien, quoiqu'elle baissât très-modestement les yeux; aussi s'arrangea-t-elle de manière à passer près de lui et fit-elle un charmant sourire en acceptant de sa main un peu d'eau bénite.

— Comment, Mademoiselle, dit le jeune homme, jolie comme vous l'êtes, c'est à l'église que vous venez perdre un dimanche.... c'est une mauvaise action, en vérité.

Jeannette prit un petit air prude qui lui allait à ravir; elle laissa tomber sur son adorateur un regard presque dédaigneux, et feignit, avec beaucoup de naturel, de vouloir se dérober à sa conversation.

Mais le jeune homme paraissait fait à cette espèce de chasse ; il lui barra audacieusement le chemin.

— Cruelle ! lui dit-il avec un sérieux comique, vous voulez me fuir !... et ne voyez-vous pas que je vous adore... Femme charmante ! est-ce que je ne pourrai pas obtenir de vous un mot... un sourire... un regard ?

— Monsieur, je ne vous connais pas, répondit Jeannette avec toute la dignité convenable.

— Qui nous empêcherait de faire connaissance ? Allons....... voyons... pas d'enfantillages.... Je suis jeune... j'ai besoin d'une maîtresse... vous êtes jolie... vous me plaisez... tapez-là, et allons nous promener ensemble...

Cette manière leste de faire sa

cour ne déplaisait pas trop à Jeannette ; son amoureux lui paraissait
bien gentil ; elle en désirait un depuis long-tems , la friande ! c'était
une occasion dont il fallait profiter... les hommes sont si drôles !
ils entreprennent si facilement et
se laissent si tôt rebuter par les obstacles...

Oui, sans doute ; mais pouvait-
elle, cependant, se confier comme
cela, tout de suite, à un inconnu,
à un aventurier peut-être ?... Non;
il fallait lui donner de l'espérance,
mais il n'était pas décent de le laisser promptement réussir.

Aussi, levant sur le jeune homme
un œil, moitié caressant, moitié
fier , elle étendit majestueusement
une main devant elle.

— Je veux passer, Monsieur ,

dit-elle; puis, se radoucissant et se rappelant quelques phrases des romans qu'elle avait lus en cachette pour faire son éducation, elle ajouta :

— Si vos sentimens sont sincères, Monsieur, ils ne peuvent que me flatter; si vous m'aimez d'amour vous saurez me retrouver.. j'ai bien l'honneur...

Et Jeannette fit ici sa plus jolie révérence.

— Parbleu! elle est originale, dit le jeune homme en éclatant de rire.

— Originale!... s'écria Jeannette en fronçant le sourcil, car cette épithète lui paraissait d'autant plus injurieuse qu'elle ne la comprenait pas.

— Oui, Mademoiselle, origi-
nale... ce qui veut dire que vous avez
des manières distinguées , peu
communes , quelque chose de
noble et de grand dans la physionomie et les manières...

Cette réponse flatteuse ramena
le sourire sur les lèvres de mademoiselle Jeannette ; sa vertu et ses
jambes en faiblirent ; sans force
pour s'éloigner , elle demeura immobile en face de son adorateur.

Ce dernier s'aperçut des progrès qu'il venait de faire, et il s'empressa d'en profiter. Avec toute la
vivacité, mais aussi avec toute la
courtoisie convenable, il s'empara
de la main de Jeannette, passa un
bras autour de sa taille, l'attira
doucement sur sa poitrine, et là,

dans cette attitude un peu prononcée pour une première entrevue, il formula dans les règles une chaleureuse déclaration.

Un si beau jeune homme...! des manières si distinguées...! des expressions si relevées qu'elle ne les comprenait pas...! Ah! mademoiselle Jeannette était heureuse...... heureuse...! Son cœur battait bien vite, sa petite tête faisait bien du chemin, son imagination élevait coup sur coup de magnifiques châteaux en Espagne..., elle était transportée au troisième ciel...., mais, *ouiche*! le bonheur...! le bonheur? *C'est des bêtises*, comme le dit *M. Odry*.

Hélas! M. Poulet, ennuyé d'attendre, entrait en ce moment dans l'église.

— Femelle, femelle, sacrée femelle!!! s'écria-t-il, je la quitte
un instant, un seul instant..., et
la voilà qui..., cela lui suffit
pour...

Il était bien en colère, bien furieux..., il ne finit pourtant pas sa
phrase, le cher homme! car il vit
sa famille sous la nef; il vit ses
deux filles qui marchaient les premières, et derrière elles..., il aperçut... Oh! oui... il le vit bien...
sa femme, sa femme qui serrait
la main d'un jeune homme, d'un
joli jeune homme, du jeune maître
du chien.

Infortuné M. Poulet!

———

CHAPITRE III.

M. POULET MONTE EN COUCOU

L'ORAGE avait été long, sous les murs de Saint-Sulpice.

Sans respect pour le saint lieu, M. Poulet avait fait entendre de longs et vigoureux blasphêmes ; mademoiselle Jeannette avait pleuré comme on hurle partout ailleurs ; et la pauvre madame Poulet, pâle de douleur et d'angoisses , avait en vain supplié son mari du regard et de la voix.

— Ah! disait-elle avec cet accent pénétré, ces inflexions de voix profondes qui appartiennent à la vérité, mais qui s'acquièrent quelquefois par l'exercice et l'habitude, peux-tu me soupçonner, m'outrager ainsi? Peux tu penser que j'aie choisi pour une criminelle intrigue le temple de mon Dieu, la présence de mes enfans... mon ami..., mon époux... calme-toi...; quelle scène pour tes filles! que de remords pour toi-même, quand la réflexion t'aura éclairé sur ta conduite.

— Malheureuse! infâme! criait M. Poulet de toute la force des poumons les plus vigoureux.

— Arrête..., arrête de grâce.....
ton Dieu est là... sur cet autel.., il
t'entend.., il te voit.

—Tonnerre! répondait M. Pou-
let, il vous voyait bien tout à l'heure
et cela n'a pas empêché..: la religion? continuait M. Poulet qui se
piquait d'être esprit fort et philosophe, la religion! sottise, masque...,
déception...! L'église? mauvais lieu
pour les rendez-vous... coupe-gorge
pour les maris... sentine impure où
l'on feint d'adorer Dieu pour se
donner au vice... Dieu? Je m'en
moque, continuait M. Poulet dont
la colère croissant tenait maintenant de la fureur et du délire, il
n'y a pas de Dieu! je ne crois pas
en Dieu! à bas le bon Dieu!

En ce moment, il y avait un be-
deau dans la tribune des orgues, le

cri : *à bas le bon Dieu* lui causa
une indignation si vive, qu'il laissa tomber un tabouret qu'il s'ap-
prêtait à remettre en ordre, et
qu'il faillit lui-même tomber en
pamoison.

Le choc de la chute du meuble,
répété par les échos des voûtes,
produisit un bruit sec, sourd,
formidable, et les orgues ébranlées,
répondirent par un long gémissement.

Aussitôt, M. Poulet baissa les
oreilles, serra les épaules, comme
si les murailles du temple allaient
l'ensevelir sous leurs décombres.
Ce bruit si imprévu, si terrible,
était-il un avertissement céleste?
Dieu voulait-il se révéler à celui
qui était venu le braver jusque
dans son sanctuaire?

M. Poulet était un de ces dignes personnages qui ne croient à rien et qui ont peur de tout, incrédules, parce que cela est de mode, frondeurs, parce que cela fait supposer la supériorité de l'esprit ; mais, hélas! le brave homme avait le jugement trop étroit pour être bien ferme dans ses convictions, bien tenace dans son incrédulité. Il se faisait chaque matin une opinion dans son journal, et si jamais le *Constitutionnel* devenait prédicateur pour la foi, M. Poulet serait chrétien tout comme un autre.

Il fut donc épouvanté du bruit parti du haut des orgues ; il frissonna de terreur et sa voix baissa d'une octave ; il voulut faire bonne contenance, mais la peur l'emporta sur l'orgueil ; après un instant d'hésitation, il se mit à courir comme un lièvre et ne s'arrêta que lorsqu'il fut parvenu sur la place.

— Oh ! les femmes ! les femmes ! s'écria-t-il quand il se crut à l'abri de tout danger, les femmes ! Une seule peut damner un honnête homme, et j'en ai quatre..., quatre qui m'environnent... m'obsèdent et me.., ô mon Dieu !

Et le pauvre M. Poulet, fatigué de ses émotions non moins que de sa course, se laissa presque tomber sur la dernière marche de l'église.

Au bout d'un instant, Jeannette s'avança vers lui d'un air aussi dégagé, aussi serein que si elle n'eût pas été prise en flagrant délit d'amourette.

— Comment ! dit-elle avec une

simplicité naïve, vous êtes encore là? Madame est sortie par la porte de la rue Garancière, elle vous attend sur la place Saint-Michel; mais il faut vous dépêcher, car un homme galant ne fait pas attendre le sexe.

M. Poulet ouvrait de grands yeux..., béant et le cou tendu, il regardait Jeannette avec stupéfaction et ne pouvait comprendre tant d'assurance et d'aplomb.

— Comme vous êtes pâle, reprit cette dernière, est-ce que vous seriez malade? Ce bon M. Poulet..., pauvre cher homme, va...

Et de l'air le plus empressé et le plus naturel, elle cherchait à lui tâter le pouls.

La colère de son maître reparut alors dans toute sa verdeur.

— Serpent! s'écria-t-il en la repoussant avec indignation, laisse-moi... je te chasse.... tu es le modèle accompli de la perversité de la femme...

— Eh! mon Dieu! quelle lubie! est-ce que vous seriez en délire?

L'assurance et le sang-froid de la jeune fille déconcertaient, malgré lui, le barbon; sa colère et ses cris ne faisaient qu'une impression fort médiocre; il se calma visiblement et reprit sur un ton moins criard.

— Ce que j'ai? elle me le demande!... après ce qui s'est passé... après ce que j'ai vu!...

— Quoi! c'est pour cela!... voyez donc le crime!...

— Comment, petite effrontée!...

quand je vous trouve dans les bras d'un jeune homme...

— D'abord je n'étais pas dans ses bras.

— Vous en étiez bien près, toujours.

— Pour ça... je ne dis pas.

— Pour ça, je ne dis pas, continua M. Poulet en la contrefaisant, voyez donc cet air de pucelle quand je la trouve avec un amant, quand...

— Un amant! un amant!!! Quoi! vous pensez que c'était un amant?

— Et pour quoi voudriez-vous donc que je le prisse, s'il vous plaît?

— Un amant! moi... avoir un amant! allons donc!... ah! fi donc... ah! Dieu de Dieu... ah! l'horreur...

— Ce jeune homme n'était pas un amant?

— Lui? beau magot, ma foi!

— Qu'était-ce donc, enfin?

— C'était mon cousin... à vous être agréable, Monsieur, s'il en était capable...

— Diable! il avait l'air bien gentilhomme pour être le cousin d'une servante.

— C'est que ma famille a eu des malheurs... si vous les connaissiez, Monsieur, ça vous fendrait le cœur... ça vous arracherait des larmes de sang... Certainement, je n'étais pas faite pour être la servante de personne, et, encore moins, celle d'un homme qui m'accuse d'avoir un amoureux......
hi... hi... hi!...

— Allons... la voilà qui pleure
à présent...

— Insulter une pauvre fille sans
malice... heu... heu... heu...

— Voulez-vous bien vous taire,
Jeannette ; vous allez ameuter les
passans.

— Ce n'était pas mon amoureux,
je n'ai pas d'amoureux... je ne
veux pas d'amoureux...

— Coquine ! te tairas-tu ?

— Je ne suis pas une coquine,
entendez-vous, Monsieur, hi...
hi... hi...

M. Poulet, poussé à bout, va enfin
manifester sa colère d'une façon
plus efficace ; mais, il aperçoit
quatre ou cinq flaneurs qui, frians
de bruit et de scandale, accourent
à toutes jambes ; cette vue le rappelle à lui-même ; il ramasse les-

tement les parasols et les schalls qui gissent épars sur l'escalier, et, pour la seconde fois de la journée, il s'enfuit à toutes jambes.

Jeannette, riant sous son bonnet de tulle, le suivait à distance.

— Vieux fou ! murmurait-elle, ne pas vouloir que les femmes aient des amoureux !.... tiens !... cette bêtise !... *le plus souvent* qu'on s'en passera d'amoureux !

M. Poulet, cependant, animé par la crainte des badauds et par un reste de colère, se dirigeait rapidement vers le lieu du rendez-vous. Sa famille était déjà parvenue sur la place Saint-Michel. Madame Poulet était pâle ; elle paraissait souffrante. Ses deux filles, empressées autour d'elle, la soutenaient presque dans leurs bras, lui prodiguaient tous les soins, tous les petits secours qu'elles pouvaient lui donner en public.

Cette scène contribua à diminuer encore la colère du redoutable M. Poulet.

— Bah ! pensa-t-il, il faut bien que je me taise ; je devine la tactique de ma femme.... elle aura les nerfs délicats ce matin... Si je lui fais des reproches elle se trouvera mal au milieu de la rue afin de me mettre dans mon tort.... Ne disons rien maintenant.... Aussi bien, c'est aujourd'hui dimanche ; il ne faut pas priver mes filles du plaisir qu'elles se promettent d'une partie de campagne.

Ce monologue assez sage rendit à la figure de M. Poulet l'air de calme et de majesté qui lui était

habituel; il enfonça dans sa poche
le manche perfide du gigot que la
brusquerie de ses mouvemens avait
mis un peu trop en évidence, il
assujétit de son mieux les schalls et
les ombrelles, puis il promena un
regard sur la place afin d'y découvrir un moyen de transport.

Plusieurs voitures foraines, de
celles vulgairement connues sous
le nom de coucous, de pots-de-
chambre, ou de boîtes à canaille,
y stationnaient en ce moment; les
cochers, du haut de leur siége,
appelaient les passans avec le calembourg fameux qui égayait leurs
aïeux et qui, toujours nouveau,
avait encore le pouvoir d'exciter
leurs bruyans éclats de rire.

— *Pour Sceaux*, Messieurs,

pour Sceaux.... Encore un pour Sceaux...!

— Me voilà, cria M. Poulet, et, suivi de sa famille, il sauta dans un pot-de-chambre.

Une demi-heure s'était déjà écoulée et le phaéton de la banlieue ne bougeait pas encore.

— Eh bien! cocher.... Est-ce que nous ne partons pas?

— Tout de suite, not' bourgeois.... *Pour Sceaux*, Messieurs, *encore un pour Sceaux.*

— Vous attendez donc encore quelqu'un?

— Dam! sans doute. Il y a huit places dans mon coucou...

— Ah! malheureux! nous étouffons déjà et nous ne sommes que cinq.

— Il est farceur, le bourgeois....
Encore un pour Sceaux, Messieurs,
encore un pour Sceaux.

— Ah ! fit M. Poulet, on appelle cela une partie de plaisir....;
huit dans une boite comme celle-
là.... Encore si, pour compagnons
de route, je n'avais pas de jeunes
gens, de ces étourneaux qui sont
toujours à se frotter près des femelles..... Ah! mon Dieu.... Justement.... En voilà deux qui arri-
vent....

En effet, deux jeunes gens cau-
saient en ce moment avec le cocher;
bientôt après ils montèrent dans la
voiture, au grand mécontente-
ment de M. Poulet, qui aurait été
bien plus contrarié encore s'il eût
su que ses compagnons de route
étaient les deux amoureux de Saint-
Sulpice.

CHAPITRE IV.

L'ÉTUDIANT ET LE PEINTRE.

Maintenant que tous nos personnages, groupés dans un étroit espace, roulent ensemble sur le chemin de Sceaux, laissons-les pour quelque tems dans leur coucou, et jetons un regard en arrière : il est bon de faire plus ample connaissance avec des gens que nous devons revoir souvent.

Les jeunes gens que redoute si fort M. Poulet suivent la même direction, se trouvent dans la même voiture, vont faire la même route, cependant ils ne paraissent unis l'un à l'autre par aucun lien antérieur; ils ne se parlent pas, ne se regardent pas, ils paraissent ne pas se connaître.

L'un deux, celui qui a entamé si cavalièrement la conversation avec Jeannette, était un grand et beau jeune homme; ses vêtemens étaient riches; il portait des bijoux et l'on remarquait en lui cette assurance, cette demi-fatuité d'un homme qui n'a besoin de personne, qui n'a jamais subi le dédain et qui se croit au moins l'égal de tout le monde.

Sa position dans la société pro-

mettait en effet d'être brillante.
Ses revenus actuels ne s'élevaient
pas, il est vrai, au-dessus de trois
mille francs, mais il avait un de
ces oncles, véritable providence
des familles, un de ces oncles qui
amassent, dans une longue vie de
travail et de privations, tout
juste assez d'or pour faire d'un
héritier un Crésus et un ingrat.

Derbain, c'était le nom du jeune
homme, comptant sur un héritage
qui ne pouvait lui échapper, tranquille sur un avenir qui se présentait radieux, jouissait avec insouciance et gaîté de sa jeunesse.
Né en Bretagne, il y avait ses propriétés, mais il était venu à Paris
faire son droit, quoiqu'il n'y eût
fait jusqu'alors que des dettes et
des fredaines.

C'est une justice à lui rendre, il n'y avait pas à la grande Chaumière un seul étudiant qui pût lui être comparé pour enlever d'assaut la grisette. Peu chiche de menues dépenses, il offrait avec un laisser-aller plein de charmes le verre d'eau sucrée et la bouteille de bière ; très-généreux sur le cachet, il prodiguait les walses et les contredanses ; élève du fameux Mabille, il sautait avec une grâce toute particulière, et les dames du quartier latin le trouvaient magnifique quand il dansait le cancan.

Victor Derbain avait pris dans des lieux où l'on ne se pique pas de la politesse la plus exquise, une nuance assez prononcée de suffisance et de mauvais ton. Accoutumé à réussir très-promptement

avec les dames du boulevart Mont-
Parnasse, il avait jugé toutes les
femmes sur cet échantillon dé-
fectueux. Il s'était donc fait une
idée assez mince des vertus du
beau sexe, et, comme il l'esti-
mait peu, il se dispensait volon-
tiers des égards qu'on lui doit et
qu'il trouvait, lui, très-gênans,
quand il ne les considérait pas
comme calcul.

Jeune et désœuvré, il avait fait
de l'amour son occupation prin-
cipale. Pour n'être jamais sans
maîtresse, il en poursuivait dix à
la fois. Ses amours étaient peu du-
rables, mais il était capable d'une
constance merveilleuse quand il
s'agissait de réussir : après la vic-
toire, c'était différent; il aban-

donnait avec insouciance le bien qui lui avait le plus coûté.

Le minois intéressant et les manières agaçantes de mademoiselle Jeannette devaient faire impression sur un connaisseur ; aussi Derbain s'était-il empressé de se lancer auprès d'elle ; il était en bon chemin ; une seconde entrevue lui aurait probablement assuré un triomphe complet , mais Ursule et Clotilde parurent ; l'ingrat Derbain les vit, les admira , et la pauvre Jeannette courut grand risque de n'avoir pas encore trouvé cet amoureux dont elle désirait si vivement la conquête.

Il ne fallut qu'un coup d'œil à Derbain pour juger que cette dernière ne pouvait, en aucune ma-

nière, supporter la comparaison
avec Ursule, et encore moins avec
la séduisante Clotilde. Celle-ci,
surtout, attira bientôt toute son
attention. Il porta ses regards avi-
des sur les traits mignons, sur la
tournure aërienne, sur la physionomie candide et virginale de la ravissante jeune fille; bientôt il passa
de l'admiration à l'enthousiasme,
et de l'enthousiasme à l'amour.

Mais l'amour, dans une tête comme la sienne, n'était pas ce sentiment vif mais épuré, brûlant mais
délicat que Clotilde devait faire
naître et qu'un homme moins li-
bertin aurait dû ressentir. Il n'y
avait pas dans tout le cœur de
l'étudiant un seul atome qu'il
crût capable de s'enflammer d'un
amour platonique; l'amour de tête,

l'amour des sens, le désir impétueux de la possession d'une belle femme, mille pensées de séduction, de volupté, et pas une seule nuance de respect et de timidité ... c'était là tout son amour.

Derbain n'avait eu garde de perdre de vue une femme qu'il désirait si vivement ; il l'avait suivie jusqu'à la place Saint-Michel et, profitant effrontément de la circonstance, il était monté dans la voiture qui les renfermait, s'embarrassant fort peu du lieu où il serait conduit, pourvu qu'il s'y dirigeât avec elle, pourvu qu'il pût espérer du hasard ou de son adresse une occasion de faire son chemin auprès d'elle.

L'autre jeune homme était le maître du chien. Ses traits, peu réguliers, n'avaient de remarquable qu'une grande expression de mélancolie et de douceur. Ses manières modestes et cependant aisées étaient celles d'un homme bien né ; mais son costume, dont une propreté minutieuse ne pouvait dissimuler la vieillesse, trahissait une position précaire et des revenus bornés.

Anatole Dulac n'était pas en effet dans une situation brillante. Sans aucune espèce de fortune, il était même dépourvu de ce qui en tient lieu quelquefois : il n'avait pas de parens ; il ne s'en était jamais connu.

Elevé dans une maison d'éducation où une main étrangère avait payé pour lui une pension modique ; puis, jeté dans un monde inconnu sans mentor et sans guide, le pauvre jeune homme se trouvait seul, isolé, à un âge où le cœur est aimant, où l'âme pleine de sève et de chaleur brûle de répandre sur des objets chéris une vitalité trop abondante.

Si Anatole eût été riche, ou seulement à son aise, il eût eu des amis, beaucoup d'amis, car son caractère était doux et son cœur était aimant; mais il était pauvre, souvent malheureux; ses connaissances de collège l'avaient deviné bien vîte; et, comme tous les hommes jeunes ou vieux pensent et agissent à peu près de même, elles s'étaient insensiblement retirées. Anatole n'avait rien qui l'aimât, plus rien, si ce n'est toutefois le charmant épagneul, le favori de Clotilde.

Cet isolement, cet état précaire

étaient cependant, nous devons le
dire, l'ouvrage d'Anatole lui-même.
La personne qui avait eu soin de
sa jeunesse ne l'avait pas abandonné
tout à coup ; quand il eût fini ses
études elle l'avait fait entrer comme
commis chez un négociant; mais le
commerce n'avait pu convenir au
jeune homme....

Une vocation de toute la vie l'en-
traînait vers les beaux-arts ; il avait
suivi sa vocation ; il était devenu
peintre.

Il avait du talent, du génie peut-
être, le malheureux ! et dans ce siè-
cle infâme d'or et de boue , il était
marqué à la face d'un signe de ré-
probation. Le génie ? eh ! qu'en
faire dans le monde tel qu'il est,
dans la civilisation telle qu'on nous
l'a faite ? Le génie sans de l'or, le

génie sans de l'intrigue ! qu'est-ce donc si ce n'est un ridicule ou une entrave?...

Oh ! si vous avez du génie et pas de fortune, cachez-le, cachez-le profondément, gardez-vous qu'une étincelle ne vous trahisse, parlez peu, n'écrivez pas, ou n'écrivez que des sottises ; consacrez vos pinceaux à des caricatures, à de minces tableaux de chevalet, car les hommes sont là qui vous attendent pour vous honnir et vous huer.

Hélas! Anatole ne savait pas tout cela. Il se sentait fort, et crut qu'il n'avait, pour arriver, qu'à déployer ses ailes. Les détails mesquins du commerce, ce sourire continuel aux pratiques, ces fastidieux calculs de centimes, lui sou-

levaient le cœur. Il travaillait cependant, il travaillait avec courage; toutes ses journées coulaient
lentes et monotones au milieu de
son comptoir. Mais la nuit.... la
nuit.... Qu'elle était belle pour
l'artiste ! oh! c'est alors qu'il se
sentait homme, vraiment homme,
et non plus un mannequin. Il
était libre alors........ Que de no-
bles esquisses jetées sur le papier
pendant ces veilles poétiques! Avec
quel enthousiasme il travaillait,
le jeune homme! comme il s'épa-
nouissait chaque jour à la vue de ses
progrès; comme il l'aimait ce travail qui l'offrirait un jour, illustre
et radieux, aux regards de ces
h mmes qui le dédaignaient, de
ces parens qui se refusaient à son
amour, de ces parens qui lui reti-

raient maintenant le pain qui lui
était dû.

Il fit un tableau et il crut son
avenir assuré ; il se crut maître dé-
sormais de la gloire et de la fortune ; il n'écouta point les avis de
son négociant, il lut à peine les
lettres de la personne qui, jusque-là,
avait veillé sur lui, il quitta son
comptoir, l'insensé ! et quand il
courait à la misère il avait le front
brillant, le regard étincelant, le
cœur gonflé de bonheur.

Pauvre jeune homme ! ses illu-
sions s'envolèrent bien complètement et bien vîte !... Il sentait sa
dignité d'homme, sa dignité d'artiste ; il ne voulait pas colporter de
boutique en boutique les tableaux
qu'il avait faits, les chefs - d'œuvre qu'il avait créés ; il écrivit à

plusieurs amateurs; mais son nom était inconnu, on ne lui répondait pas.

Alors il lui fallut bien se résoudre.... Armé de son chef-d'œuvre, il se rendit chez les marchands, chez les brocanteurs, il fut écouté froidement, on lui demanda s'il avait des relations dans le monde, s'il connaissait des journalistes, et on le congédia sur sa réponse négative. En effet, ne pas connaître de journalistes et vouloir se faire une réputation..... Quelle prétention ridicule!

Il sentit, alors, combien c'est un ennemi cruel qu'une imagination d'artiste... Alors, il regretta ce comptoir qui lui donnait du pain et qu'il avait dédaigné.... Alors, il versa des larmes sur la folie qui

lui avait fait mépriser les conseils
de la seule personne qui l'aimât ;
alors, il regretta, mais trop tard,
de n'avoir pas suivi les instructions
renfermées dans les lettres du protecteur de son enfance, de ce personnage mystérieux qui l'avait sou-
tenu jusque là et qui l'abandonnait maintenant.

Que d'heures cruelles avaient
passé sur sa tête de jeune homme !
Logé au sixième étage dans un cabi-
net lambrissé, vivant de pain et
d'eau pour économiser quelques
pièces de cent sous, sa dernière ressource ; en proie à un désespoir
d'autant plus poignant qu'il déri-
vait d'un amour-propre froissé ;
sans consolation dans son malheur
présent, sans espérance dans un
avenir que les sots dispensateurs de

la gloire fermaient obstinément devant ui.... Comme il souffrait, le malheureux ! comme il aurait fait bon marché maintenant de cette gloire qui lui avait paru si désirable.... Que lui ferait la postérité s'il pouvait passer, dans des privations moins dures, les quelques heures qu'il devait rester sur la terre.

Long - tems il s'était abandonné au découragement, son âme , affaissée par le malheur , avait perdu tout ressort, toute énergie ; vingt fois il avait songé au suicide, cette dernière et épouvantable ressource ; les forces lui avaient manqué ; il vivait pour souffrir. Il avait abandonné le travail lucratif qui le faisait vivre, il ne pouvait plus s'occuper du travail séduisant qui l'avait précipité dans l'abîme ; la poésie, cette folle céleste qui tue l'amant qui l'adore, n'avait plus de pouvoir sur lui. Sombre, taciturne, morose, il passait des journées oisives, sans agir et sans penser : la mer était à l'orage, il se laissait bercer par la lame ; le naufrage était imminent, il l'attendait sans rien faire pour le prévenir ou l'éviter.

Un jour, pourtant, il était descendu de sa mansarde. Il s'arrêta au coin de la rue de Verneuil, devant les affiches qui annonçaient les spectacles du jour. Sa fortune lui interdisait l'entrée des salles ; il éprouvait une jouissance bizarre à lire sur du papier jaune les titres des pièces en faveur ; il faisait sur leurs noms d'autres pièces à sa manière, et cette imagination qui l'avait perdu, lui procurait ainsi quelques dédommagemens à ses peines, quelques plaisis à sa portée.

Sur l'affiche d'un grand théâtre, il lut en grosses lettres : la soixantième représentation de *Henri VIII*, drame en cinq actes, par *M. Alex. Duval*. Ce prodigieux succès qui valait à l'auteur tant de réputation, tant de fortune, lui fit faire un retour plus poignant sur son obscurité, sur sa misère; des sentimens de douleur, de désespoir, d'envie, peut-être, surgissaient malgré lui dans son cœur; son énergie renaissait forte, grande, terrible, mais elle renaissait pour le tuer, elle se dressait contre lui même; dans ce moment, il le sentait avec bonheur, il aurait la force de se voir face à face avec le suicide ; alors, il en prenait la ferme résolution ; alors il voulait mourir.

En ce moment, une main se posa sur son épaule.

C'était une jeune fille, une bonne à l'œil vif, Jeannette, en un mot, qui lui souriant avec malice et mystère, lui montrant une lettre qu'elle tenait à demi-cachée sous son tablier.

— Prenez, dit-elle, c'est de la part de ma maîtresse.

Et, prompte et légère, elle s'était éloignée d'un saut.

Anatole demeura un instant immobile ; une femme lui écrivait..... une femme...! oh...! comme tous les hommes d'art, il avait besoin d'amour...; une imagination brillante et vive lui avait offert mille fois une femme aimante à aimer, un ange qui le consolerait sur la terre.. Ce rêve charmant allait-il se réaliser...? Sa misère serait-elle parée de fleurs...? Oh! qu'il aimerait cette femme que sa pauvreté n'effrayait pas, cette femme qui volait au devant de l'amour d'un malheureux!

Il la tenait dans ses mains, qu'elle brûlait, cette lettre..., d'un regard avide, il en parcourait les caractères, et son cœur se gonflait de bonheur.... oui, il était aimé... on ne s'expliquait pas positivement, sans doute, mais pourquoi lui donner un rendez-vous, si l'on n'avait pas d'amour...? Oui..., oui..., il serait heureux..., il était aimé d'une femme.

La lettre était ainsi conçue :

« Une personne qui vous porte
» un grand intérêt, Monsieur,
» désire vivement vous parler;
» mais de grands obstacles rendent
» une entrevue difficile et la for-
» cent à recourir à des moyens
» détournés.

« Trouvez-vous dimanche pro-
» chain, à midi, dans l'église de
» Saint-Sulpice, à la chapelle de
» la Vierge : on espère pouvoir
» vous y parler.

« Soyez exact à ce rendez-vous,
» Monsieur; peut-être ne sera-t-il
» pas sans influence sur votre
» bonheur.

« Brûlez cette lettre et taisez-
vous. »

Il y eut bien des orages dans la
tête du jeune homme! Que de châteaux en Espagne, que de projets,

que de rêves! Qu'il vint lentement
ce dimanche qui devait amener son
rendez-vous !

Il arriva enfin ce jour si désiré!
Anatole se rendit à Saint-Sulpice ;
il vit Clotilde, et il espéra un instant... mais bientôt les regards de
madame Poulet ; plus tard, un
serrement de mains , ces mots :
Suivez-moi qu'elle lui adressa à son
départ de l'église , ne lui avaient
plus laissé de doute sur la femme
qui lui avait écrit.

Ce n'était pas là l'amante qu'il
avait rêvé, la jeune fille ingénue,
virginale qui devait répondre à son
amour... Qu'importait, cependant!
Le bonheur vient-il jamais à l'homme tel qu'il le voudrait , tel qu'il
se l'est arrangé par avance? Il était
seul, tout seul dans le monde ; son

âme jeune brûlait de s'unir à une
âme; la dame qui lui avait écrit
n'était pas bien jeune, mais elle
était si belle encore!... Il y avait
tant de douceur et de bonté sur sa
figure, et puis ,... elle l'aimait...
Ce dernier argument ne répondait-
il donc pas à tout ?

Anatole avait pris son parti; sans
se laisser troubler par la colère de
M. Poulet, il avait obéi à celle
qu'il nommait déjà son amante ; il
l'avait suivie pas à pas, et c'est pour
cela qu'il se trouvait dans le coucou qui roulait, en cahotant, sur
la route de Sceaux.

━━━━━━━━━━━━━━━━━━━━━━━━━━

CHAPITRE V.

———

GRANDE COLÈRE DE M. POULET,

◄►

— PRENEZ donc garde, Monsieur, vous m'enfoncez le manche de mon gigot dans la poitrine...; mais vous me serrez trop..., vous m'étouffez... corbleu! Monsieur... voulez-vous rire à mes dépens?

C'était M. Poulet qui parlait

ainsi dans son coucou. Il aimait ses
aises , le cher homme! et, pour le
quart-d'heure , il était loin de les
avoir. Aussi était-il d'une humeur..
d'une humeur !... Quelle supplice ,
aussi, que le sien... Ces quatre femmes à surveiller..., ces jeunes gens
qui préludent à une conversation par
des complimens et des sourires...
Le souvenir de la scène de l'é-
glise...., l'insolence de Jeannette...
Ces badauds qui avaient fait mine
de vouloir s'égayer à ses dépens...,
son amour-propre froissé..., ses affections blessées..., et puis... puis
encore ce gigot qui graissait son
gilet et lui enfonçait les côtes....
Que de tribulations ! que de
peines !

Du reste l'agitation de son esprit se communiquait à son corps.

Il dansait sur sa banquette comme un polichinelle mis en mouvement par un fil ; assis dans le fond de la voiture, il allait roulant de sa gauche à sa droite, de sa femme à ses filles, et de ces dernières sur les paniers qui se trouvaient près d'elles, et qu'il finit par écraser.

— Oh, mon Dieu !... mon Dieu, s'écria-t-il alors...... mon pâté..... mon pauvre pâté !...

Et après avoir considéré douloureusement les restes peu appétissans d'un magnifique pâté, il se laissa tomber avec désespoir sur sa banquette, sans se douter que ce brusque mouvement serait la cause d'un nouveau malheur.

— Ah ! là... là... là.., qu'est-ce que c'est que cela..., s'écria-t-il de

nouveau. Allons... voilà mes bouteilles cassées à présent....

Et le pauvre M. Poulet se levant d'un air piteux, montra les
deux poches de son habit d'où ruisselaient, par torrens, des flots d'un
vin généreux.

Cet aspect mit tout en rumeur
dans la voiture. Les dames, craignant pour leur parures, se ser-
raient, et Jeannette, rieuse parce
qu'elle avait de belles dents et que
son amoureux était là, donnait libre accès à une gaîté bruyante.

Les amans aiment assez le mouvement, le bruit, le chaos, parce
qu'au milieu du désordre, ils sont
mois observés, et peuvent facilement mener à bien leurs affaires.

Mais Anatole était peu accoutumé aux intrigues. Ému de se

trouver près d'une femme qui l'aimait, tout entier au bonheur de
la regarder, il n'avait plus assez
de présence d'esprit pour savoir tirer parti des circonstances.

Il n'en était pas ainsi de Derbain.
Plus il voyait Clotilde, plus il désirait s'en faire aimer. Mais comme
il avait beaucoup d'expérience, il
voyait bien que les choses ne pouvaient marcher avec elle aussi rapidement qu'à la chaumière.

Clotilde était ingénue, candide ;
il le voyait bien. Un autre à sa
place, eût admiré et respecté des
qualités si précieuses et si rares ;
mais il n'était pas homme à reculer devant des considérations pa-
reilles. Les vertus de la jeune fille
augmentaient les obstacles sans
doute ; mais aussi de combien

n'augmenteraient-elles pas le plaisir !.....

Son parti était bien pris maintenant. Il lui fallait Clotilde..., rien ne pouvait l'arrêter...; il l'aurait.

Le voyage à la campagne pouvait avancer ses desseins ; mais comme le tems était précieux, il ne devait pas en perdre la moindre parcelle. Au reste, les plus grandes difficultés devaient provenir des parens ; il fallait donc chercher à leur plaire, s'insinuer auprès d'eux, s'en faire aimer, en un mot, pour mieux réussir à les tromper.

Il y a quelque chose d'infâme, n'est-il pas vrai, dans ces projets de séduction froidement calculés, dans ces scènes d'imposture arrangée méthodiquement, par avance comme celles d'un drame ?

Ce doit être un bien méchant homme que ce Victor Derbain?

Eh bien! pas du tout. Victor n'est pas un homme estimable, sans doute; cependant vous trouverez à chaque coin de rue des hommes qui valent mieux que lui, de bons et jovials garçons, probes, honnêtes dans leurs relations, incapables d'une mauvaise action, se révoltant à l'idée d'une bassesse, qui, en pareille circonstance, agiront tout comme lui. Que voulez-vous? les mœurs sont ainsi faites... L'homme qui rougirait de vous prendre un petit écu, vous volera, sans scrupule, votre femme ou votre fille. Il se mépriserait s'il cherchait à vous tromper dans un intérêt d'argent; mais il deviendra l'hypocrite le plus adroit, le plus persévérant, s'il s'agit pour lui d'un intérêt d'amourette.

Et si cet homme couvre d'opprobre le front honnête de parens vénérables ; s'il enlève un enfant chéri à l'amour sacré d'une mère ; s'il sèvre des vieillards de l'appui de leur postérité, et ne leur laisse, au lieu de leurs fraîches et chères espérances, que la honte, la douleur, l'abandon ; ne le blâmez pas trop amèrement ce jeune homme ; il est dans tout cela quelqu'un de plus coupable encore que lui, et ce quelqu'un... c'est... tout le monde.

Jetez un regard sur cette société, telle qu'une extrême civilisation nous l'a faite... Regardez autour de vous... Quelle flétrissure attend le corrupteur de l'innocence ? Sans doute, vous, hommes si sévères pour toute entreprise contre vos propriétés, vous avez dans vos lois des peines cruelles, infâmantes, contre le séducteur de vos filles, le corrupteur de la vertu de vos femmes? Sans doute, vous déversez sur eux tout ce que l'opprobre a de plus flétrissant, tout ce que la honte a de plus âcre et de plus amer? Sans doute, vous les bannissez ignominieusement de vos cercles; un doigt accusateur les poursuit dans vos promenades; vous les rassasiez en tous lieux d'indignation et de mépris?

Oh! s'il en est ainsi, vous êtes conséquens, vous êtes justes....; mais, s'il en était autrement..., si, loin de poursuivre le coupable, vous lui souriez avec indulgence; si, plus encore, vous l'admirez...,

s'il recevait de son crime, lui-
même, une espèce d'illustration...,
si les hommes l'enviaient..., si les
femmes le recherchaient et l'adoraient..., serait-ce lui seulement
qu'il faudrait blâmer d'une faute
pour laquelle vous distribuez des
primes d'encouragement?... Serait-
il bien coupable de courir après
des plaisirs qui lui valent des succès, de la réputation, presque de
la gloire?

Hommes... hommes!... je vous
crois moins méchans qu'on ne le
dit, mais vous êtes plus bêtes encore
qu'on ne le pense.

Derbain allait donc tout simplement, tout naturellement son
chemin; sur le point de commettre
une mauvaise action, il n'éprouvait pas le plus petit remords; il

n'avait qu'une inquiétude... celle de bien choisir ses moyens.

Avec des intentions comme les siennes il n'avait garde de rire des mésaventures de M. Poulet; il paraissait, au contraire, très-affecté de ses tribulations, et l'accablait de petits soins. Il faisait beau le voir, l'hypocrite ! éponger avec son mouchoir les basques de l'habit du jaloux, tirer un à un de sa poche les fragmens des bouteilles cassées, et entremêler ses bons offices d'excuses polies, de phrases consolantes, et d'imprécations bien accentuées, bien harmonieuses contre les voitures publiques en général, et les coucous en particulier.

Il avait beau faire cependant, la position était imprenable; à ses politesses les plus exquises, à ses attentions les plus délicates, le vieux bourru répondait par des grognemens et des grimaces.

Alors Derbain dirigea son attaque du côté de madame Poulet : cette dame répondit à ses phrases mais son ton était si réservé, ses mots polis étaient si froids, qu'il se vit bientôt forcé de renoncer à cette nouvelle tentative.

Vivement contrarié par ces obstacles, il prit le parti préalable d'étudier le terrain et d'observer les gens auxquels il avait à faire. Il promena donc un regard curieux sur chacun des personnages qui encombraient la voiture.

La famille de M. Poulet occupait la banquette du fond ; Jeannette et les deux jeunes gens étaient placés sur la partie antérieure.

Ursule paraissait attristée par les accidens survenus à son père, près duquel elle était assise. Elle sentait, la pauvre enfant, que le vieux bonhomme, avec sa mauvaise humeur, son gigot et ses bouteilles cassées, était passablement ridicule ; aussi s'empressait-elle près de lui afin de l'occuper et de le distraire. Une de ses mains pressait celle de son père; elle l'entretenait à voix basse, et l'on voyait qu'elle cherchait, par de charmantes agaceries, de petites plaisanteries de jeunes filles, à chasser son chagrin et sa mauvaise humeur. Elle n'y réussissait pourtant pas, la pauvre petite; M. Poulet ne grognait plus si fort, il est vrai, mais il promenait toujours autour de lui

des regards sombres et soupçonneux.

La scène de Saint-Sulpice avait
beaucoup étonné Clotilde qui n'y
avait rien compris; elle avait été
contrariée des bizarreries de son
père, affligée de la douleur de sa
mère; mais les impressions sont si
peu profondes à son âge...; maintenant tout cela était à peu près
oublié..., elle avait tant d'autres
sujets à méditer!...

La jolie enfant, plus clairvoyante que M. Poulet, avait re-
connu tout de suite les deux jeunes
gens de Saint-Sulpice; elle avait
bien soupçonné que leur présence
dans la voiture n'était pas tout-à-
fait fortuite; mais sa petite tête
travaillait en vain pour deviner les
motifs d'une conduite, si claire,

cependant, pour toute autre personne de son âge. Clotilde, ac-
coutumée à la retraite, à la solitude de la maison paternelle, qui
ne s'ouvrait jamais que pour des
barbes grises, se trouvait toute
gênée, toute timide, en présence
de deux jeunes gens; et puis, l'un
d'eux lui lançait des regards si sin-
guliers; il y avait tant de feu dans
ses yeux, quand ils venaient à s'arrêter sur elle, que, rouge et palpitante, elle abaissait ses longues
paupières, comme un rempart entre elle et l'audacieux inconnu.

Il y avait cependant un être
dont la présence aurait pu la di-
vertir et la rassurer, c'était une an-
cienne connaissance qu'elle portait complaisamment sur ses genoux; c'était le joli épagneul d'Ana-

tole, l'aimable danseur de Saint-
Sulpice.

Mais il y avait maintenant de la
froideur entre elle et lui; elle ne
passait plus sur son poil, éclatant
de blancheur, qu'une main indifférente et distraite; les jeunes
hommes commençaient à l'occuper
plus que le chien.

Celui-ci, de son côté, paraissait
livré à des distractions pour le
moins aussi puissantes... Il avait
d'abord grogné contre M. Poulet,
maintenant il paraissait vouloir
lier avec lui connaissance; il lui
posait délicatement une patte sur
le genou; il le flairait amicale-
ment; il le regardait avec tendresse, et remuait, de l'air le plus
engageant du monde, une queue
fine et caressante. M. Poulet,

plongé dans une de ses distractions habituelles, le repoussait sans le voir.

Derbain, après avoir remarqué ces choses, poursuivit son examen.

Son regard, se portant enfin sur Jeannette, vit que sa figure était devenue mécontente et boudeuse. Jeannette, en effet, n'avait pas douté un instant de l'amour du jeune homme; elle avait souri de satisfaction en le voyant monter en voiture; elle était radieuse de contentement en le sentant assis auprès d'elle; car elle savait, la friponne, que, quelque surveillée que l'on soit, l'on peut cependant, dans une position comme la sienne, savourer, par-ci, par-là, quelques petites douceurs.

Deux genoux qui se touchent,

deux pieds qui causent ensemble, deux mains qui se serrent éloquem- ment, des regards bien animés, bien pétillans de désirs qui s'é- changent: tout cela est si agréa- ble! si doux! si gentil!

Aussi était-elle dans la jubila- tion, en songeant, par avance, au bonheur dont elle allait jouir... Jugez donc de son chagrin, de sa colère, en voyant la froideur de son amoureux, en ne recevant, dans une longue demi-heure, ni un mot, ni une caresse, ni même un seul petit regard.

L'habile Derbain sentit tout de suite qu'il devait éviter de se brouiller avec Jeannette s'il vou- lait conserver quelques chances de réussir auprès de Clotilde; il chan- gea sur-le-champ de batteries :

Jeannette le regardait; il lui sourit amoureusement, puis il posa un doigt sur ses lèvres en lui montrant M. Poulet d'un mouvement des paupières.

Jeannette, toute rassurée, pensa que la froideur de son amant n'avait été que prudence; elle cessa de faire la moue, et joyeuse et triomphante elle avança son petit pied tout contre la botte du jeune homme.

Tranquille de ce côté, Derbain continua le cours de ses observations.

Son œil exercé eut bientôt remarqué que son compagnon de voyage était plus avancé que lui dans ses affaires. Il suffisait en effet, de n'être ni mari, ni jaloux, pour juger qu'une assez grande intelligence commençait à régner entre lui et Madame Poulet. Assis en face l'un de l'autre, rouges tous deux, tremblans tous deux, ils échangeaient quelquefois un regard plus prompt que l'éclair. Alors Anatole, peu habile à dissimuler, s'agitait vivement sur sa banquette et le sein de la dame bondissait sous son corset.

Une fois, entr'autres, Derbain vit mieux que cela. Madame Poulet laissa tomber son gant; cela était arrivé par le plus grand des hasards comme vous le pensez bien... quoiqu'il en soit, Anatole le releva; alors deux mains, deux mains amoureuses, deux mains caressantes se joignirent, se tinrent un instant entrelacées et parurent se séparer avec bien du regret.

Derbain voyait tout et riait tout bas ; Jeannette remarqua son sourire, elle mit son petit pied sur le sien, et, pour lui prouver qu'elle connaissait aussi les causes de sa gaité, elle éleva sur son front deux doigts ouverts et insolens.

Un quart d'heure s'écoula ; le plus profond silence régnait dans la voiture ; Derbain, fixant sur Clotilde un regard enflammé de désirs et d'audace, ne s'occupait plus de ses autres compagnons de voyage quand il sentit la main de Jeannette qui venait s'emparer de la sienne jusque sur ses genoux.

— Que faites-vous ? imprudente ! dit-il, épouvanté qu'il était de cet excès de hardiesse.........
M. Poulet....

— Bah !.... je n'en ai plus peur

à présent.....! voyez-le plutôt ....

— Comme il est drôle ....; est-
ce qu'il dort les yeux ouverts?

— Non pas ...... mais c'est un
bien brave homme, allez ...., il a
des qualités bien agréables ....

— Comment?

— Il est distrait. Oh ! Si vous
avez quelque chose de particulier
à me dire, ajouta-t-elle avec un
pudibond sourire, vous pouvez
parler hardiment ; en voilà pour
une bonne heure .... Madame le
sait bien ...; voyez comme elle en
profite.

En effet, madame Poulet et
Anatole, les yeux tour à tour bais-
sés et flamboyans, échangeaient
de ces regards de feu qui disent
tant de choses; leur conversation,
quoique muette, était si active, si

intéressante qu'ils n'avaient garde de remarquer ce qui se passait autour d'eux.

Si Derbain eût été épris de Jeannette, il eût avidement profité des circonstances ; mais, comme elle lui était maintenant indifférente , il montra une circonspection capable de lui faire beaucoup d'honneur.

— Je n'y comprends rien, dit-il à la jeune bonne, ce M. Poulet, qui tout à l'heure ouvrait de si grands yeux ⸚... ce M. Poulet si éveillé ...., si fort sur ses gardes...

— C'est justement pour cela... si rien ne le tracasse, il est comme vous et moi ; mais s'il veut fixer son attention sur quelque chose ...,bon voyage ... elle déménage .... et , plus tard, quand il revient à lui, comme il n'a rien

vu , rien entendu , il s'imagine que
les choses se sont passées comme
il le désirait... oh ! c'est, je vous
le jure, un excellent mari.

— Votre maîtresse en profite
sans doute ?

— Si vous m'aviez demandé cela
il y a huit jours , je vous aurais
répondu que non. C'était une dame si pieuse, si simple, si bonne
mère ....., toujours renfermée dans
son ménage....., ne recevant personne .... c'était superbe!... mais
aujourd'hui ..., dam ! je crois bien
que M. Poulet..., voyez donc ce
jeune homme..., comme il la regarde !.. comme ses yeux sont gen-
tils !... ah ! vous n'êtes pas aimable
comme cela, vous, Monsieur .....

Ce reproche était cruel ; il mé-
ritait une réparation. Derbain jeta

un regard rapide autour de lui ;
il vit Ursule , la tête à la portière,
s'occupant uniquement du paysage ; il vit Clotilde , émue d'embarras et de pudeur , n'osant soulever ses longues paupières, et
alors il entoura la taille rebondie
de Jeannette, et il imprima sur sa
bouche entrouverte un baiser plus
doux que bruyant.

Jeannette se résignait à ce man-
que de respect ; douce comme un
agneau elle demeurait immobile ,
la pauvre enfant , elle attendait ,
tendre victime, une seconde of-
fense qui , sans doute, arriverait
bientôt, car Victor y prenait goût;
mais il était imprudent de causer et
surtout d'agir ainsi dans une voiture aussi pleine de voyageurs. La
conversation, quoique rapide, cou-

pée, faite à voix basse, avait été remarquée par madame Poulet. Un regard courroucé glaça les transports de mademoiselle Jeannette. Confuse, déconcertée, elle faisait quelques efforts pour se remettre quand un cri fauve, rauque, sauvage se fit entendre soudain, et M. Poulet se levant à moitié sur son siége, ouvrant de grands bras, se démenant comme un maniaque, apparut comme un spectre vengeur au milieu des deux couples criminels.

A ce cri, à ces mouvemens sacadés, à la pâleur qui couvrait son front, on aurait vu sa pauvre femme, tremblante et demi-morte d'effroi, pâlir et rougir tour à tour ; on aurait vu mademoiselle Jeannette se peletonnant sur elle-même,

s'amoindrir , se faire petite , et
chercher aide et protection auprès
du jeune homme qui venait de la
faire pêcher. Chacune d'elles attendait avec anxiété , avec angoisses ; chacune d'elles frissonnait en
songeant que la première fureur
d'un frénétique pouvait d'abord
s'exhaler sur sa personne ...: pau-
vres femmes ! leur sang était à demi congelé dans leurs veines, leur
vie paraissait ne tenir plus qu'à
un fil ... C'est une belle chose que
l'amour , mais il a bien des incon-
véniens !

La conduite de M. Poulet fut bizarre. Au grand étonnement de
tout le monde , il s'accroupit dans
la voiture, il enfonça ses mains
furibondes entre les pieds des
hommes , sous les jambes des

dames, il y cherche quelque chose, puis, au bout d'un instant on le vit en retirer un chien qui portait encore à sa gueule les restes, hélas ! devenus bien chétifs, d'un magnifique gigot.

A cette vue Jeannette, rassurée, poussa un rétentissant éclat de rire ; Madame Poulet elle même, encore à demi évanouie, ne put retenir un sourire, et Clotilde, la folle et rieuse Clotilde, applaudissant au bon tour de son favori, frappa l'une contre l'autre ses deux petites mains, et, pour soustraire le coupable à une vengeance qui menaçait d'être terrible, s'empressa de le saisir et de le cacher dans son giron.

— Mordieu ! pardieu ! cordieu ! sangdieu ! hurlait M. Poulet en frappant du pied de manière à en-

foncer la voiture, cela devient trop
fort à la fin! La scène de Saint-Sulpice.... Mon pâté... Mes bouteilles... Mon gigot..... Comment
dîner maintenant? Oh! les femmes
et les chiens.... Cordieu! pardieu!
mordieu!....

Alors il y eut une mêlée à vous
faire frissonner. C'était M. Poulet
qui voulait avoir l'épagneul pour
le punir vigoureusement du péché
de gourmandise ; c'était Clolilde
qui, noble défenseur du faible,
ne voulait pas le livrer ; c'était
Anatole qui, plus honteux que le
vrai coupable, prodiguait des
excuses que l'on n'entendait pas ;
c'étaient Jeannette et Derbain qui
riaient aux éclats ; c'étaient Ursule
et Madame Poulet qui criaient
comme les autres parce qu'elles vou-

laient mettre le holà ! c'était enfin le cocher qui, entendant dans sa voiture un tumulte dont il ne voulait pas se mêler, faisait claquer son fouet et mettait ses rosses au galop.

Le concert aurait duré long-tems sans doute, mais, par malheur, on arrivait à Sceaux ; le coucou s'arrêta.

Il y a d'ordinaire quelque chose d'humble et de patelin dans la figure d'un cocher qui vient demander son paiement et qui attend un pour-boire : le nôtre dérogeait, pour cette fois, aux habitudes de MM. ses collègues. Le bruit inusité qu'avaient fait ses pratiques, ne lui donnait pas une haute opinion de leurs mœurs et de leur position sociale.

— *C'est des pas grand' chose,*

s'était il dit, et il montrait à des
gens qui n'avaient pas le bonheur
de jouir de son estime, une mine
sombre, un front digne et fa-
rouche.

Toutefois les voyageurs parurent
s'en inquiéter fort peu ; ils descen-
dirent de voiture d'un air tout aussi
dégagé que s'ils eussent possédé
l'estime de leur phaéton en chapeau de cuir.

M. Poulet, toujours empressé de
fuir des hommes qui pouvaient
faire la cour à ses femmes, les fit
éloigner à la hâte ; jusque-là c'é-
tait à merveille, mais ce qu'il y
eut de facheux dans sa conduite,
c'est qu'il oublia de solder le
cocher.

— Bon ! dit ce dernier, ils pa-
rait que les femmes de ce vieux cor-

nichon ont payé à ces jeunes
hommes, le prix de leur course....
Dam ! ça se voit quelquefois.... C'est
ben commode tout de même ? dieu
de dieu ! si j'étais jolie femme !

Cette réflexion l'avait mis de
bonne humeur, il s'approcha des
jeunes gens; d'un air de malice et de
gaîté, il leur débita des plaisanteries plus ou moins fines sur les agré-
mens de leur voyage ; il était d'autant plus aimable, le cocher, qu'il
avait calculé à part lui que chacun
de ses bons mots entrerait en ligne
de compte et augmenterait son
pour - boire.

Il n'en était pourtant pas ainsi,
son front riant se rembrunit bien
vîte quand il vit qu'on ne lui soldait
que le prix de deux places, alors,
il fit entendre un très-énergique

jurement et, leste comme un zé-
phir, il s'élança, fouet en main,
à la poursuite des braves gens qui,
suivant sa façon de penser, vou-
laient lui faire banqueroute.

Anatole et Derbain le suivirent
de loin ; mais M. Poulet et sa famille avaient eu le tems de s'éloigner ; on ne les apercevait déjà
plus.

———✦———

CHAPITRE VI.

LE QUART D'HEURE DE RABELAIS.

C'est un beau moment pour des parisiens que celui où ils quittent leurs maisons hautes et obscures, leurs rues boueuses et bruyantes pour un vaste horizon, de l'air et de la verdure.

La famille Poulet jouissait avec délices du bonheur de se sentir à la campagne. Les jeunes personnes rentraient dans toute leur liberté. Là, plus de coups d'œils investigateurs et malins de la part des femmes, plus de ces regards imprudens de la part des hommes qui ne se croient que galans en forçant l'innocence à rougir.

Aussi sont-elles bien heureuses, les aimables jeunes filles! Comme elles se débarrassent avec plaisir de cet air de réserve et d'apprêt que la femme la plus simple, la plus naturelle, ne peut dépouiller entièrement quand elle est sous les yeux d'une foule attentive et railleuse! Comme elles sautent et voltigent à l'ombre des grands marronniers, sous un frais gazon qui plie voluptueusement sous leurs pieds! Comme elle est franche leur gaîté!

comme leur joie est naïve et pure, sans vains désirs, sans arrière-pensée! Hélas! il n'y a qu'une saison dans la vie ou le plaisir soit ainsi sans mélange...

M. Poulet, oui, M. Poulet lui-même, se ressent de la douce influence des champs; il a oublié la perte de ses bouteilles, de son pâté, de son gigot; il ne se souvient plus de la scène cruelle de Saint-Sulpice; il jouit tranquillement, bêtement, tout comme s'il n'était pas philosophe et esprit fort.

Et qui l'empêcherait d'être tranquille, le cher homme? Est-ce qu'il ne sait pas que, dans la voiture, les choses se sont passées de la manière la plus décente? Est-ce qu'il n'a pas vu que ses femmes, sans exception, s'y sont compor-

tées avec toute la retenue , toute la
dignité désirables ?... Aussi les
aime-t-il maintenant ses femelles..»
aussi donne-t-il de tems en tems de
jolies petites tapes sur les joues po-
telées de ses filles ; aussi lui arri-
ve-t-il , chose extraordinaire! de
sourire à sa femme , à sa pauvre
femme qui , craignant encore une
colère, assez bien fondée peut-
être, inquiète , soucieuse, osait à
peine lui parler.

Oui , il était heureux, l'aimable mari; heureux, non pas comme un roi , ces choses-là ne se disent plus, mais heureux... heureux comme... ma foi! c'est trop
embarrassant par le tems qui
court... Trouvez, si vous le pouvez, la comparaison vous-même.

On ne voulait pas rester dans le

T I.   6.

village; on se dirigea vers les grands bois qui en sont à une certaine distance.

Il y avait là d'épais fourrés, l'ombre y était fraîche et parfumée, le gazon y était plus verd et plus doux; M. Poulet fit un signe, et toute sa famille, joyeuse et empressée, vola s'asseoir autour de lui.

C'était une assemblée délibérante qu'il convoquait. Une grave question devait y être décidée. M. Poulet, se faisant bon prince, renonçait, pour cette fois, à l'usage de son pouvoir absolu; il voulait bien demander à ses sujets les moyens de les rendre heureux.

La question était de savoir si l'on dînerait sur l'herbette, ou bien si, au contraire, on se rendrait

chez quelque fameux restaura-
teur des environs.

Avant de partir de Paris, on
s'était décidé pour la première
hypothèse ; mais puisque le pâté
était tombé en miettes, puisque le
chien avait mangé le gigot, puisque le vin avait été bu par les basques d'un habit, c'était une affaire
à recommencer. Il ne s'agissait pas
de manger des provisions qui n'exis-
taient plus, mais seulement de savoir si on en ferait porter de nouvelles, ou bien si on irait les chercher soi-même en les consommant
sur place.

Vous sentez combien la question
était grave et combien il devenait
important de mettre dans la déli-
bération toute la maturité, toute la
solennité dont elle était digne ?...

M. Poulet, que cela intéressait plus directement, le sentait mieux que vous. Sa figure devint plus majestueuse encore que de coutume; d'un air auguste, il enfonça dans sa culotte quelque pouces de chemise que le mouvement de la voiture en avait fait sortir; en grand orateur, il prit une grosse prise de tabac, et, après un salut et un sourire, il ouvrait la bouche pour commencer son exorde, quand un grand malheur lui arriva sous la forme d'un cocher de fiacre.

Pauvre M. Poulet, votre sourire ne devait pas durer long-tems, vos grosses joues ne devaient pas conserver le coloris dont elles étaient enluminées, vous deviez passer en une minute d'un état de douce volupté, de jubilation tranquille, à toutes les angoisses de la terreur et de l'effroi.

Qui n'aurait eu peur en effet ? Le cocher... un grand escogriffe, auquel, dans le premier moment, il supposait douze pieds de hauteur, lui avait porté au collet une main énorme et pesante : cette main, cette main épouvantable, ne se contentait pas de s'opposer à tout projet de fuite, elle le secouait de manière à disloquer tous ses membres.

M. Poulet, honnête parisien, bon bourgeois de son métier, n'était fort, ni sur le coup de poing, ni sur la savate. Il avait professé toute sa vie un profond respect pour la vigueur et la force : Hercule aurait été pour lui le meilleur logicien du monde. Il ne savait pas du tout ce que lui voulait le cocher, mais il était disposé d'avance à lui faire des concessions et à lui donner raison sur tous les points désirables.

— Eh! bien, camarade! dit-il avec un fort joli sourire, qu'y a-t-il donc? Ne nous emportons pas, s'il vous plaît... De braves gens comme nous sont toujours faits pour s'entendre.

Le cocher avait une âme de bronze; il fut insensible à cette jolie phrase.

— Canaille! cria-t-il dans un jargon qui trahissait un enfant de Saint-Flour, ah! tu crois me faire aller... Tu t'imaginais me faire la queue, guerdin!... Tu me prenais donc pour une *tomate*, gueusard!..

paie-moi , filou!... Paie-moi tout
de suite ou chinon !...

Et, pour donner plus de poids à
ses paroles, il levait d'une façon
formidable le manche de son fouet.

M. Poulet, animé par la présence de sa famille, aurait bien
voulu faire le brave :

— Ce n'est rien, disait-il à sa
femme épouvantée, je vais me dé-
barrasser de cet homme..., vous
allez entendre comment je vais lui
parler...

Mais, en dépit de cette promesse,
le pauvre M. Poulet ne brillait pas;
la nature était plus forte que sa
bonne volonté; ses dents cla-
quaient, ses genoux se heurtaient,
il tremblait de tous ses membres.

— Ah! disait-il en bégayant de
terreur, ca... ca... camar... cama-

rade... que... vou... ou... ou...
lez-vous ?... Parlez... mais... na...
na... n'agissez pas...

— Che que che veux, fichelle ?...
che que che veux? il me le demande, le gueux ! Eh ! parbleu ! je
veux che que tu me dois.

— Ce que je lui dois! répétait
M. Poulet qui promenait sur sa famille des regards ébahis.

— Fais donc l'étonné... hum !...
tu m'as l'air bien bête pour un vo-
leur...

— Insolent ! murmura M. Poulet très-susceptible sur cet article.

— Tu raisonnes , je crois?...
gronda le redoutable cocher , et il
fit un geste si énergique que
M. Poulet tomba sur ses genoux.

— En voilà achez comme chela...
veux-tu me payer oui... zou non ?

— Mais enfin que vous doit-il ?
demanda madame Poulet, en s'a-
vançant.

— Che qu'il me doit?... tiens....
c'tautre qui le demande... et ma
courche de Paris à Sceaux donc...
Croit-il que mes chevaux et moi devons le rouler pour ches beaux
yeux...?

A ces mots M. Poulet respira.
C'était pour un oubli que le cocher interprétait mal, qu'il se
montrait ainsi furieux : le moyen
de l'apaiser était simple, il ne s'a-
gissait plus que de payer.

— Pauvre garçon ! s'écria-t-il
avec assurance, cette fois, je l'ai
fait courir, ce cher homme !
Maudite distraction ! mais vous n'en
souffrirez pas mon camarade ,....

au contraire,... vous allez avoir un pour-boire...

Ces paroles furent toutes puissantes sur l'énergique cocher; il fit respectueusement deux pas en arrière, mit chapeau bas, tendit la main, et attendit dans une attitude pleine de modestie et de charmes : en ce moment c'était un aimable cocher.

M. Poulet reprit son air de majesté; il regarda sa femme de l'air d'un triomphateur :

— Je savais bien, moi, que je le ferais taire, s'écria-t-il avec emphase.

Puis il mit la main à son gousset.

Alors il y eut une scène à vous fendre le cœur. M. Poulet si rogue et si fier tout à l'heure, devint rouge comme du feu, puis pâle comme un agonisant ; il se tordit les mains ; il frappa du pied ; il blasphêma Dieu ; il fit cent folies ; dit cent sottises et n'en fut pas plus avancé... ; il ne pouvait trouver dans ses poches ce qu'il n'y avait pas mis... Il avait oublié sa bourse; il n'avait pas un sou.

Le cocher augura mal de cette pantomine.

— Eh ben , not' bourgeois ?...

— Cocher , mon ami.... Mon excellent ami.... Ne vous fâchez pas... Soyez calme.... Je....

— Allons donc.... Pas tant de grimaches... Mon argent et puis v'la....

— Cocher , mon très-estimable cocher... Je vous aime ... Je vous honore.....

— Et vous ne me payez pas....

— Je m'appelle Poulet.

— Appelez-vous chapon chi vous voulez, qu'est que cha me fait?

— Je suis un ancien bonnetier retiré.... Je vis de mes rentes...

— Et moi de mon coucou... Par ainsi....

— Je demeure rue de Verneuil n°. 107.

— Ce n'est pas cha que je vous demande.

— Faites moi le plaisir de venir boire un coup chez moi, la première fois que vous viendrez dans mon quartier.

— Cha va... Mais commenchez toujours par me payer...

— Mon très-cher ami.... Mon honorable cocher.... Il m'arrive quelquefois d'être distrait...

— Pardiène ! je ne le chais que trop... Allons.... Hup !...

— Et dans mes distractions j'oublie....

— Dites donc, farcheur.... Chavez - vous que vous commenchez choliment à m'embêter..... P ar la queue de ma chument rouge, chi vous ne me payez pas, là... sur le champ... tout de chuite...!.. Mille sacré millions de millions de milliards de noms de nom !!!..

En terminant cette phrase élégante, le cocher avait levé de nouveau le manche du terrible fouet; sa main s'était emparée du collet du fameux habit, et, sans trop s'occuper de la mesure , il faisait danser sa pratique.

— Grâce..... Grâce... S'écriait l

pauvre M. Poulet , que la terreur
avait rendu verdâtre , grâce... Je
vous paierai dix fois... vingt
fois.... Trente fois... cent fois...
Le prix de votre course...

— Eh ! fichtre. Payez-moi cheu-
lement une fois et que cha finisse....
Tu ne dis plus rien ?.... Eh bien...
Hup ! hup !

— Oh mon Dieu ! est-ce donc
ma faute si j'ai oublié mon argent ?....

— Là.... Voilà..... Il n'a pas le
chou.... J'avais bien deviné qu'il
voulait me filouter ma courche....

Et pour le coup, le cocher, par-
faitement dans son droit, enleva
le gros M. Poulet comme une plume
et se mit à l'emporter à travers
champs.

— Grâce... Grâce... Criait ce
dernier.

— Arrêtez..,. Arrêtez... Au nom
de Dieu! criait Madame Poulet....
Oh! le malheureux! que va-t-il
faire de mon mari?

— Eh! que veux-tu que j'en
fache de ton mari! sois tranquille,
eh, la fille! je ne l'avalerai pas
comme un cornisson, va..... Je
veux voir cheulement che qu'en
fera M. le Maire...

— Chez M. le Maire! s'écria
M. Poulet que l'intervention pro-
chaine de l'autorité commençait à
rassurer, chez M. le Maire.... Cocher.... Mettez-moi sur mes jambes!... Je suis prêt à vous y suivre à
pied ou à cheval...

Le cocher commençait à se fati-
guer de son fardeau, il le déposa

à terre, mais, en homme prudent, il le saisit par une oreille.

Madame Poulet continuait à se désespérer :

— Suivez-moi, mes enfans, cria-t-elle ; notre devoir est d'accompapagner partout votre père.

— Qui est-ce qui parle de me suivre ? s'écria ce dernier qui retrouvait contre des êtres faibles toute son autorité ; est-ce que je ne serai pas là pour me défendre? Est-ce que j'ai besoin de femelles sans cesse pendues à mes côtés..... Attendez-moi ici, je vous l'ordonne.... Je vais parler des grosses dents à ce maire dont on voudrait me faire peur, et je viendrai vous rejoindre quand je l'aurai mis à la raison.

Madame Poulet obéit avec résignation; elle s'assit tristement près de ses filles pendant que son mari s'éloignait.

Mais le pauvre cher homme était dans une de ses journées de guignon. Il n'eut pas fait cent pas qu'il aperçut Anatole et Derbain qui se dirigeaient vers ses femelles. Alors il se repentit de ne les avoir pas emmenées, il cria, il appela ; mais il était trop loin, on ne l'entendit pas, et le cocher, le cruel cocher ne voulut pas lui permettre de revenir en arrière.

Il est des êtres bien infortunés dans cette vie de misère !

———

CHAPITRE VII.

CE QU'IL ADVIENT D'UN RENDEZ-VOUS.

En matière d'amourette, Derbain avait le coup d'œil d'un homme de génie. Il avait prévu que la distraction de M. Poulet amènerait une collision avec le cocher, et il s'était mis à suivre ce dernier, mais à distance toutefois, afin de n'étre aperçu qu'au moment où il lui conviendrait de se montrer. Anatole lui avait paru nécessaire à l'exécution de ses projets ; il s'était mis à lui faire la cour, et ses prévenances avaient produit leur effet : il s'en était fait accompagner.

Grâce à l'épaisseur du fourré, les jeunes gens s'étaient assez avancés pour entendre la dispute que nous venons de rapporter. Anatole vif, généreux, sans calcul, voulait s'élancer au secours du mari de celle qu'il aimait :

—Enfant! s'était écrié Derbain, et il l'avait retenu ; car il prévoyait devant quelle autorité serait porté le jugement de la contestation, et il voyait avec joie que Clotilde pourrait devenir abordable.

— Nos affaires iront bien, reprit-il après un instant de silence ; voyons, il faut préparer mes batteries.

Et en achevant ses paroles, il s'assit sur le gazon, tira de sa poche un porte-feuille en maroquin, en fit sortir une vingtaine de lettres ployées et cachetées, et se mit à les examiner avec attention.

A la femme que j'aime... C'est trop familier... *A la plus ravissante des créatures...* Bon pour une grisette... *Au chef-d'œuvre de la création...* Pour une modiste de la rue Vivienne.... *A la plus aimable, à la plus respectée des femmes...* A la bonne heure, voilà qui pourra convenir...

Anatole le regardait sans deviner ce que ces recherches et ces lectures avaient de commun avec les batteries qu'il voulait dresser.

Derbain remarqua son étonnement.

— Vous ne comprenez donc pas ce que je veux faire, dit-il ; ce n'est pas étonnant... Je cherche une lettre que je puisse remettre sur-le-champ à mademoiselle Clotilde.

— Elle était donc prête d'avance ?

— Oui. J'en ai toujours sur moi une ou deux douzaines. Je les compose dans mes momens de loisir ; je les distribue ensuite quand l'occasion s'en présente...

— Mais la même lettre ne saurait convenir à toutes les femmes.

— Aussi j'en ai pour tous les goûts. Du pathos pour la couturière ; du sentiment pour la lingère, des promesses de cachemire pour la modiste, des respects et de la fidélité pour les novices.... L'adresse me met au fait du contenu de mon épître ; et , grâce à ces précautions , je ne perds aucune occasion de conquête ; mais dépêchons-nous... voilà le cocher qui emmène M. Poulet.... Vous pouvez vous montrer maintenant...

— Vous ne me suivez pas ?

— Non. Il n'est pas tems encore..... je me montrerai plus tard.., allez toujours...

Alors le jeune peintre se dirigea vers les dames.

Il avait , lui, cette naïveté de cœur, cette première ardeur d'une jeunesse pure qui nous font envisager l'amour , non pas comme une distraction, comme un plaisir, mais avec enthousiasme, avec frénésie, comme un bonheur, comme un délire. Il conservait encore cette timidité modeste, cette pudeur de manières qui sont aussi des grâces chez un jeune homme, quand elles n'annoncent pas la gaucherie et la sottise, mais seulement la pureté de l'âme, les premières émotions d'un cœur neuf et passionné.

Peut-être n'aimait-il pas d'un amour bien violent la mère de Clotilde ; mais il trouvait tan de plaisir à prononcer le mot si doux d'amante... Il lui donnait par avance, ce nom que dans ses rêves il avait répété si souvent. L'imagination, chez un artiste est aussi puissante que le cœur.

Madame Poulet suivait de l'œil son mari quand elle aperçut le jeune homme qu'elle paraissait aimer ; alors aussi prompte, aussi légère que l'eussent été ses filles, elle s'élança vers lui.

— Oh! Monsieur. . ; s'écria-t-elle , combien je désirais vous revoir... Mon mari..., le cocher....

— Je sais tout , dit Anatole touché de son agitation.

— Je crois pouvoir compter sur vous , Monsieur... , nous ne connaissons personne dans le pays , et mon mari doit dix francs.

A ces mots une rougeur brûlante se répandit sur les joues d'Anatole ; un sourd gémissement sortit de sa poitrine ; il ne répondit point.

Une surprise douloureuse se peignit sur les traits de madame Poulet.

— Quoi! Monsieur, vous vous

taisez.... Que dois-je penser de ce silence ?

Le malheureux jeune homme porta la main à sa poche et fit un geste de désespoir : madame Pou-let le comprit.

— Infortuné ! s'écria-t-elle, quoi ! pauvre à ce point !... ô mon Dieu !...

— Oui..., oui... je suis pau-vre, dit Anatole d'une voix faible et tremblante ; oui, je suis un mal-heureux, sans argent, sans indus-trie, presque sans pain... Après cet aveu, Madame, vous ne m'ai-merez plus, vous me fuirez, car les hommes ont horreur de la misère ; mais du moins, du moins ne me méprisez pas...

— Te mépriser ! s'écria ma-dame Poulet avec un accent si passionné qu'il fit tressaillir le jeune homme, te mépriser ! Oh ! si tu savais... si tu pouvais deviner....

Puis, elle fit un violent effort et s'arrêta brusquement, car ses filles n'étaient plus qu'à quelques pas. Après un instant de silence, elle reprit sur un ton plus modéré :

--C'est sur mon invitation que vous vous trouvez à Sceaux, Monsieur ; je dois faire en sorte que vous n'ayez pas fait un voyage inutile. L'absence de mon mari me permettra de vous entretenir sans témoins..... Entrez plus avant dans le fourré, attendez-moi à deux cents pas, je vais aller bientôt vous rejoindre....

Un poids bien lourd fut enlevé du cœur d'Anatole. Il était donc quelqu'un dans le monde qui ne

serait pas rebuté par sa misère ;
pauvre, il n'était pas dédaigné ;
son amour avait trouvé de l'a-
mour.... Oui, son amour, maintenant il le sentait, c'était bien de
l'amour ; la reconnaissance n'aurait pas inondé son âme de sensations si vives, si brûlantes, si
impétueuses....

A présent, que lui faisait la
pauvreté ! ce n'étaient pas les privations qu'elle impose qui lui
avaient coûté le plus. Une pauvreté noble, considérée, une pauvreté compatible avec l'amour de
la femme, les égards de l'homme,
souriait presque à son imagination. Eh bien ! maintenant..., ne
pouvait-il pas être heureux ? Il
était quelqu'un qui le savait mi-
sérable et l'aimait.... Que lui im-

porterait le reste d'un monde qu'il ne verrait plus qu'à distance ? Pourquoi regretterait-il des amis, puisqu'il avait pour lui sourire et le consoler une bonne, une fidèle amante ?

Tout en faisant ces réflexions, il obéissait aux ordres qu'il venait de recevoir : il était entré dans le taillis, et là, assis sur l'herbe, il songeait et attendait.

Les instans lui paraissaient bien longs, cependant, chacun d'eux lui amenait des sensations vives et nouvelles. Comme son cœur battait au moindre bruit, au plus léger son ! Le souffle du vent dans la forêt, le bruissement de l'aile de l'oiseau dans le feuillage, tout lui annonçait l'approche de celle qu'il aimait..... Comme il était ému !

Comme il se levait, impétueux et tremblant.... Comme il le sentait brûlant par avance, ce bonheur que peut-être il ne goûterait pas...

Oh ! son imagination allait un train... Que ne pouvait-il pas se permettre de ce charmant rendez-vous ! Il était aimé, passionnément aimé... son amante, tout-à-l'heure, ne l'avait-elle pas tutoyé !... et il allait se trouver seul, tout seul avec elle... Le bois était sombre... le gazon épais.... ses désirs violens.... Oh ! qu'elle était lente à venir !

Le malheureux, attendant madame Poulet, avait la fièvre et le délire... Qu'eût-ce donc été, mon Dieu ! s'il eût été aimé de Clotilde ?

Elle vint enfin, cette femme qu'il attendait; son œil fut prompt à la découvrir, glissant avec hésitation sous le taillis ; alors il bondit comme un jeune faon. Agile comme un chevreuil, il s'élança au-devant d'elle ; mais quand il la vit à quelques pas, il s'arrêta tout à coup, son cœur gonflé dans son sein , battait à coups précipités , il était prêt à se briser de bonheur et d'impatience.

C'est qu'il y a, pour le jeune homme encore chaste , de poignantes émotions dans un premier rendez-vous. C'est qu'alors le plaisir apparaît si vif qu'il fait mal, si brûlant, qu'il ressemble à la douleur. C'est qu'Anatole courant au-devant d'une femme, savait à peine ce que c'était qu'une

femme ; c'est qu'il ne connaissait
de l'amour que sa partie théori-
que ; c'est qu'au moment d'arriver
à des jouissances qui s'appuient
sur tout ce qui fait l'homme, esprit et matière, il avait la fièvre,
le frisson, le délire.

Parvenus l'un près de l'autre,
ils se taisaient tous deux ; ils se
regardaient, et leurs yeux pleins
de flamme semblaient exercer une
double fascination. Ils ne disaient
pas une parole, ne faisaient ni un
mouvement, ni un geste ; ils se
tenaient tous deux immobiles et
pantelans.

Enfin, Anatole baissa les yeux
comme pour recueillir toute son
énergie, puis s'élançant près de
madame Poulet, il saisit sa main
avec passion, la couvrit de bai-

sers , et la mouilla de ses larmes.

— Ah ! s'écria-t-il , que je vous
remercie !... Que je vous aime !...
J'espérais tant de bonheur de cette
entrevue, que je ne comptais pas
sur elle. Tous mes plaisirs jusqu'à
présent n'avaient pas été plus loin
que l'espérance.

Pendant qu'il parlait, madame
Poulet , muette et recueillie , le
regardait avec une attention passionnée; mais quand il se tut pour
couvrir de nouvelles caresses ,
cette main, qu'elle abandonnait ,
madame Poulet paraissant céder à
un de ces élans désordonnés pour
lesquels la pudeur n'a pas de
frein, s'élança dans ses bras, serra sa tête dans ses deux mains ,

et le baisa plusieurs fois sur le front :

— Anatole.... mon Anatole..... s'écriait-elle en sanglotant!...

Ce n'est pas tout-à-fait ainsi que marche d'ordinaire une intrigue amoureuse ; un pareil abandon dans une première entrevue n'est pas, grâce au Ciel, un défaut familier du beau sexe de nos jours. Indépendamment de toute pudeur, abstraction faite de ce sentiment d'amour-propre qui fait qu'une femme s'estime assez pour ne pas se livrer sans combat ; les dames savent que les hommes tiennent à un bien en proportion des efforts qu'ils ont fait pour le posséder ; aussi n'ont-elles garde de s'exposer à un abandon dédaigneux en cédant trop vite à un amour

dont elles n'auraient eu le tems
d'apprécier ni la sincérité ni la
force. Bien peu de personnes de
son sexe, assurément, se seraient
comportées comme le faisait en ce
moment madame Poulet. Cependant ni cette dame, ni l'homme
auquel elle témoignait une tendresse si peu mesurée, ne paraissaient s'apercevoir de ce qu'il y
avait d'inconvenant dans une pareille conduite.

Tout deux maintenant étaient
assis sur le gazon. Leurs mains
étaient toujours enlacées, leurs
yeux tantôt animés, tantôt timi-
des, se levaient et s'abaissaient
tour à tour. Ils ne parlaient qu'en
mots coupés, en vague mono-
syllables. Toutes caresses trop vives avaient cessé. On pouvait

remarquer en chacun d'eux de l'embarras, de l'hésitation, comme s'ils n'eussent su comment entamer par des paroles, un entretien commencé par des gestes si impétueux.

— Monsieur, dit enfin madame Poulet, ma conduite doi vous paraître extraordinaire; mais ne m'accusez pas sans m'entendre; je dois....

— Vous accuser! interrompit Anatole avec explosion, vous accuser quand vous me donnez le seul moment de bonheur qne j'aie goûté sur la terre...; vous accuser, vous!.. âme généreuse et sensible, qui avez aimé l'honnête homme sous les haillons de la misère....,. Oh! si tu savais quelle force il y a dans le sentiment que tu m'inspires, si tu le savais! Non..., tu

ne craindrais pas que je te blâ-
masse, tu ne craindrais que l'excès
de mes sentimens pour toi.

L'exaltation du jeune homme
était à son comble ; elle ne se trahissait pas seulement par des mots;
il tenait toujours entre les siennes
la main de madame Poulet, tantôt il la serrait d'un manière convulsive, tantôt il la couvrait de
baisers, tantôt, encore, il appuyait
sur elle son front brûlant et la bai-
gnait de ces larmes qui, chez un
homme passionné, accompagnent
toute sensation violente, comme,
dans la nature, une pluie abondante suit d'ordinaire un vent d'o-
rage.

Madame Poulet était aussi vivement agitée, mais elle paraissait
tourmentée par des sentimens plus

divers. Ses grands yeux se fixaient
souvent sur Anatole, et leur expression variait à chaque instant.
Tantôt on y lisait une grande et
expansive tendresse, tantôt ils dé-
célaient une inquiétude ńaissante
qui, plus tard, faisait place à l'é-
tonnement et à la terreur.

Si Anatole, plus calme, eût pu
s'apercevoir de ces choses, il en
eût été alarmé, et peut-être en
fût-il devenu plus timide ; mais
il était dans un de ces momens de
délire et de fièvre, où l'homme est
privé de toutes ses facultés, hors
une. Madame Poulet l'aimait, elle
le lui avait dit ; son amour franc
et impétueux s'était trahi le premier par des caresses ....; le pacte
était conchu maintenant, il devait,
il allait la posséder....

Les passions d'Anatole étaient
pour ainsi dire vierges; conte-
nues de bonne heure par un frein
puissant, le malheur, elles n'a-
vaient pu germer sous le souffle gla-
cé de la misère. S'il avait souvent
rêvé l'amour, la pauvreté l'avait
chassé devant lui, il ne l'avait
rencontré nulle part. Il avait fini
par désespérer de lui comme d'autre chose. L'amour devait être
pour lui comme la gloire; il les
aurait rêvés tous deux, il ne les
savourerait jamais.

Et cet amour qu'il n'osait même
plus désirer dans ses songes, cet
amour qu'il était forcé d'envisager comme impossible au malheureux; cet amour, il le sentait
cependant chaud, vivace dans son
sein ; cet amour n'était plus

une chimère qui s'évanouirait au
grand jour ; il avait, lui aussi,
une amante à aimer, une femme
à posséder..... Cette femme, cette
amante... elle était là, rouge et
palpitante ; il n'avait qu'un mot
à dire, un désir à exprimer, et
elle était à lui, à lui tout entière
et pour toujours.

Ce bonheur était réel, positif ;
Anatole le voyait bien, et pourtant il en doutait encore. Tant de
contretems, tant de déceptions
avaient, jusques là, succédé à toutes ses espérances, qu'il tremblait,
qu'il craignait toujours.

Cette femme pouvait être à lui,
mais elle ne lui appartenait pas
encore ; laisserait-il au destin le
tems de se raviser ? S'il ne profi-

tait pas sur-le-champ de ses fa-
veurs, qui sait si bientôt il ne
serait pas accablé de sa colère ...?
Madame Poulet l'aimait aujour-
d'hui; qui pouvait prévoir si, de-
main, elle ne serait pas rebutée
par sa position ....? Il ne fallait
pas laisser à l'égosïme humain
le tems de s'élever entr'elle et
lui; l'heure, le lieu, tout était
favorable, il fallait en profiter.

Ces réflexions, longues peut-
être sur le papier, avaient été ins-
tantanées, rapides dans le cer-
veau du jeune homme; leur effet
fut aussi prompt que violent; de
ses deux bras il entoura la taille
de la femme qui l'aimait, il l'attira
sur son sein d'une étreinte convulsive, et sa bouche, cherchant

avidement ses lèvres , s'y attacha
ave fureur.

L'étonnement qui , depuis quelques minutes , se faisait remarquer dans les regards de Madame
Poulet ,fit place à la stupéfaction ,
à l'effroi…: Son œil fixe et immobile demeurait arrêté sur le jeune
homme , elle le regardait sans le
voir ; et , en cet état , elle ressem-
blait à une somnambule qui a
toutes les apparences de la veille
et de la réflexion , quoiqu'elle soit
plongée dans le sommeil.

Mais cette léthargie ne pouvait
durer long-tems ; les lèvres du
jeune homme , en s'imprimant sur
les siennes , la réveillèrent en sur-
saut. Alors elle poussa un de ces
cris perçans qui vont jusqu'au cœur,
parce qu'ils partent du cœur ; d'un

geste violent elle repoussa Anatole, prompte comme une biche,
elle s'élança dans le taillis, et dis-
parut bientôt au milieu de la ra-
mée.

Anatole stupéfait, la regarda s'é-
loigner, puis, quand il ne put
plus l'apercevoir, il poussa un ru-
gissement et se roula, déséspéré,
sur la terre.

Sa plus belle illusion lui était
ravie. L'amour s'évanouissait, il
ne restait plus que la misère.

CHAPITRE VIII.

N'ALLEZ PAS AU BOIS,
BERGERETTE.

PENDANT que ces choses se passaient, Derbain avisait tranquillement aux moyens d'avancer ses affaires. Il avait bien prévu qu'Anatole et Madame Poulet ne se borneraient pas à se serrer la main dans une voiture, et, qu'ils chercheraient à profiter de l'absence du

mari et de la commodité des bos-
quets. Il attendait donc philosophi-
quement le moment où ils dispa-
raîtraient ensemble pour s'approcher à son tour.

Madame Poulet s'éloigna comme
il l'avait espéré ; alors comme si
tout eût voulu seconder ses désirs ,
Ursule tira de son sac à ouvrage
un petit album et un crayon , et se
mit à parcourir les environs pour
trouver un point de vue à esquisser. Clotilde resta seule avec Jeannette.

Mais cette dernière était un témoin très-redoutable. La jalousie
la rendrait clairvoyante ; elle gar-
derait sa jeune maîtresse avec d'autant plus de soins que son amour-
propre y serait intéressé ; il fallait
parvenir à l'écarter , ou renoncer

à rien dire de positif à Clotilde. Derbain eut bientôt formé un plan. Il se rapprocha doucement, se glissa en tapinois, marcha à pas de loup, et parvint ainsi sans être vu à une cinquantaine de pas des jeunes filles. Vous l'auriez vu alors, changeant tout-à-coup de manière, agiter fortement le taillis, pour attirer l'attention de Jeannette, et puis lui envoyer un baiser provocateur.

Jeannette n'était pas comme Anatole à son premier rendez-vous, elle avait beaucoup d'intelligence, elle comprit fort bien l'invitation, elle la trouva séduisante ; cependant elle devint presqu'aussi rouge, presqu'aussi tremblante que l'était Anatole au même moment. Elle aurait bien voulu se trouver seule, dans le bois , avec son bel amoureux de Saint - Sulpice ; mais comment abandonner Clotilde que sa maîtresse lui avait recommandée ? ah! l'incertitude , l'embarras , le désir peut-être étaient pour beaucoup dans les vives couleurs qui brillaient sur sa figure mutine. Les yeux fixés sur Derbain qui l'appelait, le cou tendu , le sein bondissant, elle faisait un pas du côté du beau garçon , puis la crainte de la mère , la peur d'être suivie par la fille la faisaient hésiter , puis bientôt reculer avec effroi.

Derbain vit ce manége, il en devina les causes et se hâta de renverser cet obstacle ; fertile en ressources, il appela Jeannette d'une voix mignarde et flûtée qui imitait assez bien celle d'une femme ; c'en

était assez pour la pétulante bonne
qui ne demandait qu'un prétexte;
feignant de se croire appelée par sa
maîtresse, elle pria Clotilde de l'attendre, puis elle partit comme un
trait, vola comme un oiseau....
Dam! c'est que les momens sont
précieux quand on court à un tête-
à-tête que des maîtres importuns
peuvent interrompre au bout de
quelques minutes!

Elle allait bien vîte, la petite
Jeannette, cependant elle arriva
trop tard; quand elle fut parvenue
au point d'où la voix s'était fait entendre, elle ne trouva plus Derbain;
vivement contrariée, elle ouvrit
de grands yeux prêts à verser des
larmes; le dépit faillit la faire revenir sur ses pas; mais elle était
obstinée, elle n'aimait pas à perdre

sa peine; elle ne crut pas devoir
faire céder le plaisir à l'amour-propre, elle chercha, elle appela, mais
elle eut beau faire, elle eut beau
chercher, il n'y avait pas plus d'a-
moureux que sur la main.

C'est que Derbain était plus
adroit, plus roué que mademoiselle Jeannette; c'est qu'il ne l'avait
appelée que pour l'éloigner de Clotilde; c'est, en un mot, qu'il se
moquait d'elle et qu'il courait près
d'une autre, pendant qu'elle courait après lui..... Oh! si elle avait
su cela !.... Si elle avait pu deviner !

Clotilde, demeurée seule au
milieu d'un bois inconnu, éprouvait une vague inquiétude, une
terreur d'instinct qui lui serrait le
cœur. Comment se faisait-il que sa

mère et sa sœur, après s'être éloi-
gnées d'elles, eussent encore ap-
pelé Jeannette, seule compagne
qui lui restât ? Cela était extraordinaire, elle le sentait. Elle aurait
bien voulu rejoindre sa famille,
mais elle jugeait à merveille qu'en
se hasardant dans la forêt, elle
risquait de s'égarer et de ne retrouver personne. Elle se résignait
donc à attendre, mais son petit
cœur battait de crainte, et ses grands
yeux, errant de tous côtés, fouil-
laient avec angoisse les profondeurs
du bois.

Tout à coup, auprès d'elle, le
feuillage fut vivement agité; Clotilde frissonna, le bruit était trop
faible pour qu'il pût être causé par
un homme, mais ne pouvait-il
pas provenir de quelque animal

dangereux, d'un loup, d'un san-
glier peut-être? Clotilde avait
toute l'ignorance et, partant, toute
la timidité des femmes de Paris;
ne connaissant la campagne que
de nom, elle la peuplait de tous
les animaux féroces dont elle avait
entendu parler. Elle aurait volon-
tiers supposé l'apparition d'un lion
ou d'un éléphant dans un parc où
l'on ne voit que des lièvres.

Ce n'était pourtant pas un éléphant qui causait l'épouvante de
la timide jeune fille, ce n'était pas
non plus Derbain comme le lecteur
le soupçonne peut-être, c'était
tout simplement Stello, le joli
chien d'Anatole, qui, gambadant
dans la forêt, venait rendre une
visite de bonne amitié à celle qui
lui avait témoigné de l'affection et
de l'estime.

Clotilde se sentit toute rassurée par cette aimable visite ; elle accueillit le joli chien par un petit cri de joie, elle répondit à ses gambades par des caresses et des baisers.

Il était charmant de voir la jeune fille mignonne et élancée, faire assaut de gentillesse et de grâce avec le petit épagneul ; il était délicieux de les voir tous deux luttant de légèreté, s'enfoncer l'un après l'autre dans les sentiers du taillis, se poursuivre, s'atteindre, s'éviter, se rejoindre encore, au milieu des jappemens du chien et du franc et joyeux rire de la jeune enfant.

Clotilde prenait goût à ces divertissemens ; pour s'y livrer plus à son aise, elle ôta le joli chapeau

qui ombrageait sa tête, et, plus libre dans ses mouvemens, elle
frappa gaîment dans ses mains pour
agacer son camarade et se prit à
courir devant lui.

Folâtre, insouciante, elle se li-
vrait au jeu comme un enfant; ac-
coutumée aux allées sablées des
jardins publics, elle prenait peu
de précautions; déjà sa robe de
mousseline avait reçu quelques dé-
chirures dont elle ne s'était pas
aperçue, déjà une branche de
ronces avait égratigné ses jolies
mains, mais elle ne sentait pas la
douleur, elle ne voyait pas couler
son sang, elle courait, sautait, riait
toujours.

Hélas! ces jeux qui lui plaisent
si fort, doivent finir d'une manière
tragique. Clotilde, l'étourdie Clo-

tilde, s'élance sous un buisson ; les épines s'accrochent aux longues boucles de sa chevelure, elle fait un mouvement pour se dégager, mais les branches élastiques de l'arbuste plient sans lâcher leur proie ; chaque effort ne sert qu'à l'enchaîner davantage ; les longues tresses de ses cheveux se dénouent, le vent les disperse, flottantes sur le malencontreux buisson ; bientôt elle y est attachée par des milliers de chaînes.

D'abord elle rit de cet obstacle qui ne lui paraît pas sérieux ; mais quand son enprisonnement se prolonge, quand des tentatives légères demeurent sans résultat, quand des secousses plus vives lui causent d'atroces douleurs sans amener sa délivrance, la pauvre enfant sen-

tant sa faiblesse et son abandon , a
recours aux armes ordinaires de
son sexe ; elle pleure , elle appelle
à son secours , pendant que Stello ,
comme s'il eût deviné sa situation
fâcheuse , accompagne ses sanglots
de lamentables hurlemens.

Un bruit de pas se fait entendre ,
le cœur de la jeune enfant palpite
alors ; quelqu'un de sa famille ac-
court probablement la délivrer ,
elle ouvre la bouche pour appeler
de nouveau , mais elle s'arrête , car
ce n'est pas un parent qui approche, c'est un homme qui se dirige
vers elle , et cet homme , elle le
reconnaît bien vîte ! c'est celui dont
les regards ardens dans la voiture
lui ont causé tant de trouble et
d'embarras...

Ah ! si elle avait pu s'échapper ,

comme elle se serait réfugiée rapidement près de sa mère...! mais, forcée d'attendre ce jeune homme dont la présence lui faisait éprouver des sensations qu'elle ne pouvait définir, elle devint rouge, tremblante; il lui fallut beaucoup d'efforts pour contenir les larmes nouvelles qui commençaient à rouler sous ses paupières.

Cependant, elle était loin de connaître au juste la nature des dangers qu'elle avait à courir.

Clotilde était innocente et naïve dans toute l'étendue de ces mots. Seule, dans un salon, avec Victor Derbain, elle eût folâtré avec lui, sans scrupule et sans crainte, car il ne lui déplaisait pas; mais dans un bois, dans un de ces lieux que les contes de sa nourrice lui avaient peints comme peuplés de voleurs et d'assassins, elle frémissait d'épouvante, quoi qu'elle fût bien sûre, cependant, que son compagnon de voyage ne fût ni un malfaiteur ni un brigand.

Cependant Derbain s'avance avec empressement ; il remarque le trouble et la terreur de la jeune fille, et il met dans ses paroles, dans son ton, dans ses manières, toute la douceur, tout le respect, toute la politesse qui pouvaient la rassurer. Du reste, il agit beaucoup plus qu'il ne parle ; d'une main adroite et vigoureuse il fait courber le buisson ; avec délicatesse et précaution il arrache aux épines chacun des cheveux de Clotilde, et

s'il lui dit quelques mots de tems
en tems, ils sont tels qu'un frère
pourrait les adresser à sa sœur.

Pourtant, il a beau faire, l'instinct de la nature parle plus haut
que lui dans le cœur de la jeune
fille ; chaque minute augmente sa
rougeur, son embarras ; les ser-
vices même qu'elle est obligée de
recevoir la troublent, la déconcer-
tent ; ne pouvant accuser son libé-
rateur, elle se dépite contre elle-
même, car elle se croit gauche et
maussade la pauvre enfant ; elle
voudrait répondre pour ne pas paraître idiote, mais ses lèvres trem-
blent, sa respiration est brève, ses
paroles bégayées, coupées, sont
inintelligibles.

Elle était délivrée, elle ne s'en

apercevait pas. Derbain, arrêté tout près d'elle, la contemplait avec ravissement ; accoutumé aux dames de la chaumière, qui ne sont pas très-imposantes, il était tout surpris d'éprouver des émotions dont il ne se croyait plus susceptible. Il commençait à le sentir ; près de Clotilde, son cœur ne resterait pas indifférent : il y avait tant d'intervalle, en effet, entre la pure, la ravissante jeune fille, et les grisettes du quartier latin !

D'abord, les sensations qu'il éprouve lui paraissent délicieuses, cependant il a la faiblesse d'en rougir ; il a accablé de tant de brocards ceux de ses amis qui s'étaient avisés d'aimer d'amour... leur fournirait-il l'occasion de prendre une revanche éclatante en faisant à son tour le Céladon ? en s'amourachant comme un sot , comme un provincial ?... Fi donc ! le Lovelace de la chaumière , le roué du salon de Mars , filant le parfait amour..... soupirant son martyre , et gémissant de respect et de fadeur aux pieds d'une Dulcinée... quel tableau pour son amour-propre !.... Oh ! non.... non.... il n'était pas si bête.... il ne descendrait pas de si haut...

Ces réflexions , très-sages, comme vous pouvez en juger , le ramenèrent à ses premiers sentimens , à ses premiers desseins ; il secoua une timidité qui n'était ni dans son caractère , ni dans ses habitudes :

— J'étais un cornichon , s'écria-
t-il.

Et il s'empara avec audace de la
main de Clotilde.

CHAPITRE IX.

INCONVÉNIENT DE L'INNOCENCE.

LE service que Derbain venait de rendre à Clotilde avait suffi pour lui valoir un commencement de confiance ; il avait offert son aide pour retourner près de sa mère ; Clotilde avait accepté avec empressement. Sans crainte, sans soupçons elle suivait un si bon guide.

Il y avait un quart d'heure qu'ils marchaient tous deux dans la forêt. Les sentiers qu'ils avaient suivis jusqu'alors commençaenit à s'effacer, la solitude devenait plus profonde, chaque pas rendait le paysage plus désert et plus silencieux.

Jusque-là la conversation avait été peu animée. Derbain avait formulé quelques complimens ; mais la jeune fille ne les avait pas entendu, ou n'avait pas voulu y répondre.

Elle marchait la première, sa course était précipitée, on aurait cru que, sentant le danger qu'elle courait, elle avait hâte de se réfugier près de sa mère.

Il n'en était cependant pas ainsi. La pauvre petite, pleine d'innocence et de candeur, s'abandonnait avec confiance au jeune homme qui venait de la tirer d'une position fâcheuse. Si elle marchait avec vitesse, si elle gardait le silence, ce n'était pas qu'elle eût peur, c'était tout simplement un effet de cette charmante sauvagerie qui rend une jeune fille embarrassée, gênée, tremblante devant un jeune homme. Elle avait du plaisir à voir Derbain, elle était heureuse de l'entendre dire qu'elle était jolie; elle fuyait pourtant, car quelque chose en elle lui disait qu'elle ne devait pas écouter des paroles qui lui faisaient tant de plaisir, qu'elle ne devait pas surtout y répondre.

Clotilde obéissait sans le savoir, à cette voix secrète que vous appellerez si vous le voulez instinct ou conscience ; elle ne marchait pas, elle courait; mais ses membres délicats, ses petits pieds n'étaient pas faits à un exercice aussi violent, aussi prolongé. Sa respiration devenait précipitée, pénible ; une rougeur fiévreuse colorait ses joues ordinairement si fraîches; elle était haletante et épuisée.

Ce n'était pas une promenade aussi rapide, aussi lointaine que Derbain avait voulu lui faire faire. L'éloigner de sa mère avait été son premier but; puis il se promettait, quand elle serait seule, toute seule avec lui, loin de tout témoin, dans l'abandon le plus complet, de lui adresser une de ces déclarations

chaleureuses, si puissantes sur les
cœurs sensibles des grisettes de la
Chaumière, et de pousser ensuite les
choses aussi loin qu'elles pourraient
aller, c'est à dire, car il ne s'arrê-
tait jamais en chemin, jusqu'à ce
qu'il eût fait de la chaste et pure
enfant une de ces maîtresses ba-
nales dont il s'amusait un instant
et qu'il rejetait ensuite avec dédain.

D'ordinaire il tenait beaucoup
à ses plans et s'y conformait avec
une minutieuse exactitude, quand
il avait dit, par exemple : *à six
heures je ferai une déclaration, à
six heures cinq minutes je baiserai
la main, à six heures un quart...
Je brusquerai le dénouement...* Il
fallait que tout s'exécutât de point
en point ; il eût eu des remords si

I.   8 *

ses amours, réglés sur sa montre, eussent retardé de deux secondes.

Pour le coup cependant il était en retard. Il avait beau se dire que tout le favorisait, que Clotilde, seule et sans protecteur, était à sa disposition, que jamais les circonstances ne lui seraient plus favorables, et qu'il ne pouvait que perdre en différant... Il n'osait pas commencer... La timidité de Clotilde devenait contagieuse, et, quoique pour se donner du courage, il s'appelât tout bas : Lâche!... Sot! imbécille! il rougissait comme la jeune enfant, et n'osait pas prononcer un mot qui pût engager les hostilités.

Heureusement pour ses projets, il vint à remarquer la lassitude de Clotilde; elle lui offrait un prétexte

tout simple, tout naturel, il le saisit habilement.

— Mademoiselle, lui dit-il en
lui prenant la main, nous sommes
encore éloignés de votre mère ; en
me chargeant de vous ramener auprès d'elle, je me suis rendu garant
de votre santé ; je ne souffrirai pas
que vous continuiez, sans prendre
quelque repos, une course aussi rapide. Nous allons nous asseoir un
instant.

Clotilde rougit en sentant sa
main dans celle du jeune homme,
elle fit un mouvement pour la retirer, mais il fut si léger, si timide
que Derbain n'eût garde de céder.
Clotilde s'arrêta donc toute essouf-
flée, mais elle resta debout sans répondre et sans s'asseoir.

— De grâce, continua Derbain,

en donnant à sa voix toute la douceur dont elle était susceptible, de
grâce, ne me refusez pas : vous me
connaissez depuis bien peu de
tems...; mais si vous saviez combien
vous m'êtes déjà chère! une mère
elle-même ne veillerait pas avec
plus de soin sur son enfant chéri....
Je vous en supplie, ne compromet-
tez pas inutilement une santé si
précieuse.

Il y avait tant d'onction dans ses
paroles, tant de douceur et de sensibilité dans son organe, que Clotilde en fut émue. Elle hésitait cependant, car elle se rappelait les
regards passionnés, ardens qui l'a-
vaient effrayés dans la voiture.
Tremblante encore, elle demeura
immobile, mais elle souleva lentement, timidement ses longues

paupières; puis, elle sembla chercher sur la figure de son guide des
motifs de sécurité.

La physionomie de Derbain n'é-
tait plus la même. Ce n'était plus
la hardiesse, l'impudence, l'ef-
fronterie qui s'y faisaient remarquer. Clotilde fut toute joyeuse en
voyant sur ses traits mâles et réguliers l'expression de la douceur et
de la politesse. Ses yeux brillaient
d'un grand éclat, mais le feu qui
les animait était tempéré par une
réserve timide; ce n'était plus un
amant hardi, impétueux; c'était
un jeune homme plein de grâce,
exprimant un tendre intérêt avec
chaleur mais avec délicatesse.

A cette vue, Clotilde, bien rassurée soupira de satisfaction, elle
sourit comme un ange, et, cédant

aux prières qui lui étaient adressées, elle s'assit sur le gazon.

— Enfin ! murmura Derbain en
se plaçant tout près d'elle.

Alors il s'empara de nouveau de
cette main qu'il avait quittée un
instant, il fixa sur Clotilde un regard fascinateur et il parla en ces
termes :

— Mille remercîmens, mademoiselle, de votre aimable condes-
cendance.... Elle me rend si heureux! je suis si fier d'avoir obtenu
votre confiance! ah! c'est que vous
ne savez pas ce que j'ai fait pour la
mériter.... Vous ignorez et le tems
que j'ai mis à chercher à vous voir,
et les efforts que j'ai faits pour parvenir à vous parler.... Ah! Si vous
connaissiez tout cela, vous me tien-

driez quelque compte de tant de soins, de tant de sacrifices...

— Je ne vous comprends pas, Monsieur, dit Clotilde avec étonnement, il me semble qu'aujourd'hui pour la première fois.....

— Hélas! il est donc bien vrai que vous ne n'avez jamais remarqué.... Cependant mademoiselle, il y a six mois, six mois longs comme des siècles que je vous ai vue pour la première fois (comme il mentait, l'étudiant!), et depuis cette époque votre image ravissante m'a suivi en tous lieux.... Je n'ai pas eu un instant de calme, pas une journée de repos... Combien d'heures n'ai-je pas passées sous vos fenêtres...

— Quoi! Monsieur... sous mes fenêtres... Dans la rue de Verneuil?

— Bon ! pensa Derbain , elle demeure rue de Verneuil…Soyez tranquille, Mademoiselle, cette rue est solitaire , on ne m'a pas remarqué… Mon attachement, pour être vif, n'excluait pas la prudence… Oh ! vous étiez pour moi comme une divinité pour son adorateur….. Jugez-en , Mademoiselle… Jugez de mon respect, puisque j'ai pu vous aimer six mois et me taire , puisque je n'ose parler qu'à présent… Oh ! oui… Il n'y a que mon respect qui puisse égaler mon amour.

—Son amour ! murmura Clotilde, et sa jolie tête descendit lentement sur sa poitrine; elle n'écouta plus, elle ne parla plus; elle méditait.

C'est qu'il y avait pour elle dans ce mot d'amour dont elle ne connaissait par la valeur , quelque

chose de vague et de délicieux ;
c'est qu'elle commençait à deviner
que le sentiment représenté par ces
deux syllabes était hors ligne ;
qu'il y avait là plus que ce qu'elle
avait éprouvé jusqu'à ce jour. La
tendresse de ses parens, son amitié
pour sa sœur, ces affections calmes
qui jusque-là avaient suffi à son
cœur d'enfant, pâlissaient en quelque sorte devant une révélation nouvelle. Une faculté d'aimer plus puissante lui était manifestée. Les paroles du jeune homme avaient
éveillé en elle un écho inconnu ;
Derbain avait prononcé le mot d'a-
mour, et son cœur à elle répétait
tout bas : amour.... Amour...

Derbain, assis auprès d'elle, tenait toujours sa petite main ; il
suivait de l'œil le développement

des sentimens qu'il faisait naître,
et lisait sur une figure naïve chacune des sensations dont elle était
agitée.

Il y aurait eu pour tout autre,
une immensité de bonheur dans
les affections naissantes d'un ange
comme Clotilde ; Derbain n'y
voyait qu'un triomphe d'amour-
propre et quelques heures d'ivresse
et de volupté.

L'innocence de la pauvre enfant
lui en avait imposé, il est vrai,
mais elle l'aimait maintenant, et
il revenait à lui-même; son effron-
terie reparut dans toute sa verdeur. Peu satisfait de cette tendresse si pure, si nouvelle encore,
et pourtant devenue si puissante ;
non content de presser dans les
siennes la main de la jeune fille

toute palpitante d'émotion , il vou
lut exécuter tout son plan. Il avait
près de lui une enfant faible et dé-
sarmée ; il allait abuser de sa confiance ; elle l'aimait ; il allait la
flétrir....

— O ma Clotilde ! reprit-il, ó la
plus jolie, la plus aimable des
créatures... Ange créé pour mon
bonheur... Oh ! je lis dans tes regards... tu baisses en vain tes longues et belles paupières... Il y a
de l'amour dans ton cœur , car j'en
devine dans tes yeux... Clotilde !
sois vraie..., sois naïve comme
eux...; ne démens pas ce qu'ils
m'apprennent.... que ta bouche le
dise aussi ... Clotilde... ; je t'adore
et tu m'aimes...

La pauvre enfant écoutait et ne
pouvait pas répondre. Savait-elle

donc si elle aimait d'amour? Il est
vrai que son cœur son âme, toutes ses facultés, étaient heureux
d'un bonheur inconnu ; il est vrai
que chaque mot du jeune homme ,
doux comme une musique céleste ,
élevait en elle des sensations nouvelles et ravissantes ;... mais ces
découvertes étaient si récentes , ces
sentimens étaient si impétueux , si
neufs, si confus... Pouvait-elle
donc les analyser, les comprendre ?.

Elle gardait encore le silence,
mais Derbain ne s'en effrayait pas ;
l'indifférence eût trouvé une voix
pour s'exprimer ; l'amour seul sait
faire du silence un langage. Bien
sûr de l'impression qu'il avait pro-
duite, il chercha à en exciter de
plus vives : d'un bras hardi, il en-

toura la taille de Clotilde, et d'une étreinte passionnée, il l'attira sur sa poitrine.

Cette entreprise audacieuse réveilla la pauvre enfant ; ses grands yeux lancèrent autour d'elle un regard, incertain d'abord, mais qui peignit bientôt l'étonnement, la stupeur ; elle se voyait sur le sein d'un jeune homme, et cette pudeur native, seul défenseur de l'innocence, l'éclaira tout à coup. L'instinct de la vierge l'emporta sur l'amour ; sa rougeur, déjà bien vive, augmenta de moitié, puis, d'un mouvement brusque, imprévu, rapide, elle repoussa Derbain.

Celui-ci n'avait redouté que des larmes et des prières ; il ne s'attendait pas à une défense aussi prompte, aussi énergique ; il en

fut déconcerté. Son éloquente fa-
conde l'abandonna quelques instans ; il fut gauche comme un no-
vice, et quand plus tard, un peu
revenu à lui-même, il s'empara de
nouveau d'une main que Clotilde,
comme épuisée par l'effort qu'elle
venait de faire, ne pensait point à
retirer, il ne trouva plus en lui-
même l'assurance nécessaire pour
prononcer des paroles assez vives
pour le rapprocher de son but.

Le silence qui régnait depuis un
moment fut interrompu par un cri
de Clotilde, qui s'élança tout à coup
sur une des mains du jeune homme.

— Oh ! Monsieur.... s'écria-t-
elle, oh ! Monsieur .... vous êtes
blessé ....

Il s'aperçut, en effet, que les
épines de buisson avaient déchiré

sa main et qu'elle était couverte de sang.

— Blessé !! oh mon Dieu !... il est blessé !... blessé pour moi.... répétait la pauvre petite, et à son tour elle s'était emparée de la main du jeune homme, elle la pressait sur sa poitrine et l'arrosait de ses larmes.

Ces blessures qui l'attendrissaient si fort ne consistaient pourtant qu'en deux ou ou trois minces égratignures auxquelles Derbain n'avait fait aucune attention. Mais elles pouvaient lui fournir un moyen de se rendre intéressant ; il l'exploita avec habileté.

—Qu'importe ! répondit-il d'une voix aussi faible que s'il eût été blessé à mort, qu'importe ma blessure ; elle est bien douloureuse, il est vrai, mais c'est bien peu de chose pour un homme qui serait heureux de donner sa vie pour vous.

— Il souffre …. ô mon Dieu !… il souffre … s'écriait la pauvre enfant qui sanglottait, et, dans sa douleur, elle arracha le fichu de mousseline qui couvrait sa poitrine, elle en épongea le sang qui coulait de la blessure, puis elle en enveloppa la main malade. Son sein nu demeurait exposé aux regards ardens d'un jeune homme, mais que lui importait ! elle ne s'en apercevait seulement pas.

Cet incident avait exalté la passion naissante de la pauvre petite, toute sa sensibilité était en jeu …. quel beau moment pour Derbain ! aussi … comme il s'empressa d'en profiter !…

—Ô ma Clotilde ! s'écria-t-il, qu'il est doux de souffrir pour vous.... comme vos soins charmans me dédommagent de mes poignantes douleurs.... ô bien-aimée ! que pourrai-je faire jamais pour te prouver combien je t'aime !....

Et, tout en parlant de la sorte, il entourait d'un bras la taille de la confiante jeune fille, il posait une bouche ardente sur de superbes épaules que rien ne défendait plus contre ses baisers.

Clotilde, tout occupée de panser le malade, ne sentait rien, ne s'apercevait de rien et permettait, sans le savoir, des caresses qu'elle repoussait naguère avec tant d'indignation. Pendant que Derbain savourait mille délices, la can-

dide enfant lui disait ingénue-
ment :

— Souffrez-vous toujours ? comment vous trouvez-vous ?

— Hélas ! bien mal… répondait
l'hypocrite, et Clotilde au désespoir,
se jetait dans ses bras et l'embras-
sait la première. La pauvre petite
voulait ainsi lui faire oublier des
souffrances dont elle était la cause ;
elle agissait avec lui comme elle
l'aurait fait avec une jeune fille de
son âge, comme elle l'aurait fait
avec sa sœur.

Derbain était bien débauché,
bien corrompu, cependant, il hésita devant tant d'innocence. Vain-
cre qui combat, triompher de qui
résiste, à la bonne heure…; mais
déshonorer l'innocence qui sourit au danger, mais se ruer sur la

douce victime qui joue sous le cou-
teau... c'est une infamie!... une
horreur!... Derbain, peu scrupu-
eux d'ordinaire, le sentit cependant; son cœur était moins dé-
pravé que son esprit; son premier
mouvement fut bon, il repoussa
la jeune fille.

— Je t'aime, s'eria-t-il, oui,
je le sens, je t'aime plus que je ne
le croyais possible.... Oh! tu seras toujours mon amante ...; ma
bien-aimée ....; mais aujourd'hui,
Clotilde, tu ne seras que ma sœur...

Celle-ci fut bienheureuse du
mot qui venait d'échapper à Derbain ...; elle avait trouvé un nom
connu pour cette affection si vive,
si subite qui l'étonnait et l'effrayait.

— O mon frère !… mon frère ! s'écria-t-elle, et elle sourit comme un ange pendant que sa belle figure était encore baignée de larmes. Alors étouffant sous un mot les avertissemens secrets de la pudeur, elle se serra contre *son frère*, et fixant sur lui un regard plein de tendresse et de bonheur, elle répétait son naïf et délicieux sourire.

Derbain ne se sentit plus la force de la repousser. Son imagination s'enflamma, son caractère reprit le dessus, et, sans plus s'arrêter à des réflexions honnêtes qui ne pouvaient germer deux fois dans une tête comme la sienne, il prit Clotilde sur ses genoux, et là, s'abandonnant à l'impétuosité de ses sens, il profana par des baisers lubriques le sein vierge de la pudique enfant.

Hélas ! la malheureuse était complètement subjuguée. En proie à des sensations aussi vives que nouvelles, étonnée de ce qu'elle entendait, et de ce qu'elle sentait, sous le poids de cette fascination délirante qui suit la révélation de sens nouveaux, elle était sans raison pour réfléchir, sans force pour se défendre. Son amour d'une heure était devenu géant : les lumières qui lui manquaient auraient eu peine à la sauver ; quel secours pouvait-elle attendre de sa profonde ignorance ? Pauvre petite ! là où était l'infamie, elle ne voyait que le bonheur ; prête à subir le joug de l'opprobre, elle souriait comme ces anges auxquels elle allait cesser de ressembler.

Oui, c'en était fait ; Derbain n'était plus arrêté par aucune considération morale. Il voulait avoir Clotilde, elle lui appartiendrait, elle serait à lui sur-le-champ. C'était un crime affreux sans doute, mais il n'était pas habitué à voir ainsi les choses. D'ailleurs, au point où il en était, un homme moins corrompu eût peut-être agi comme lui. Depuis une heure, il tenait dans ses bras une ravissante jeune fille, son sang bouillonnait, sa tête n'était plus à lui. L'homme chaste ne se fût pas hasardé aussi loin, mais, parvenu là, il aurait aussi succombé.

Oui, Derbain avait le délire. Ce fut avec les mouvemens sacadés d'une passion convulsive qu'il

serra sur sa poitrine le sein ha-
letant de Clotilde. Il colla sa bouche brûlante sur des lèvres éntrou-
vertes, et tout son corps frissonna
de désirs. Il n'y avait plus en lui
ni raisonnement, ni calcul ; en
ce moment d'ivresse, il était fou
d'amour, éperdu de volupté.

O Clotilde ! qui te sauvera !!....

FIN DU TOME PREMIER.

www.ingramcontent.com/pod-product-compliance
Lightning Source LLC
Chambersburg PA
CBHW051823020726
47502CB00005B/1601